Hermann Multhaupt

Damaris. Freiheit im Her

Ein biblischer Roman

Hermann Multhaupt

Damaris

Freiheit im Herzen

Ein biblischer Roman

benno

Bibliografische Information der Deutschen Nationalbibliothek
Die Deutsche Nationalbibliothek verzeichnet diese Publikation in der Deutschen Nationalbibliografie; detaillierte bibliografische Daten sind im Internet über http://dnb.d-nb.de abrufbar.

ISBN 978-3-7462-6598-8

Umschlaggestaltung: Karen Münch-Thornton, München
Umschlagmotiv: © Ilina Simeonova/Arcangel images
Gesamtherstellung: Kontext, Dresden (A)

Einige Leute schlossen sich Paulus an und kamen zum Glauben, so zum Beispiel Dionysios, ein Mitglied des Stadtrats, und eine Frau namens Damaris; und es gab noch andere, die zusammen mit diesen beiden an Jesus glaubten.

Apostelgeschichte 17,34
(*zur Rede des Apostel Paulus auf dem Areopag in Athen*)

Der Esel scharrte schon eine Weile mit den Hufen. Es war ihm langweilig. Seit zwei Stunden stand er unter der schattigen Palme, zunächst bewegungslos, dann allmählich unruhig werdend. Er legte sich dennoch nicht in den Staub, um sich auszuruhen, weil er immer noch seine Last trug. Sein Herr, ein reisender Dichter, hatte versäumt, ihm Decken und Alltagsgeschirr vor seinem Auftritt abzunehmen. Er war mit seiner Truppe verspätet im Freilichttheater eingetroffen und hatte sogleich mit dem Vortrag über Helden- und Göttersagen begonnen. Demetrios war einer der letzten Rhapsoden, die bei Festen und Feiern auftraten und sich rühmten, Nachfahren der homerischen Aöden, Sänger und Dichter volkstümlicher Epen, zu sein. Ihre Kunst, das Publikum ohne Manuskript oder andere Hilfsmittel über Stunden zu unterhalten, hatte lange Zeit überwältigenden Anklang gefunden. Doch schon eine Weile hatte Demetrios das Gefühl, dass sich die Zuhörer zunehmend anderen Dichtern zuwandten und sich langweilten. Zu den gefeierten Stücken, die er und seine Mitstreiter im Repertoire hatten, gehörten die Dichtungen Homers, die 15.693 Verse lange „Ilias“, eine Geschichte über den Trojanischen Krieg, und die 12.110 Verse umfassende „Odyssee“, die von der zehnjährigen Irrfahrt des Königs Odysseus handelte. Aber dieses Angebot füllte die steinernen Theaterränge schon längst nicht mehr ganz.

„Hast du nichts Neues zu bieten?“, unterbrach jemand den mit Leidenschaft vorgetragenen Monolog. Der Sprecher aus Demetrios’ Theatergruppe ließ sich nicht stören.
„Furchtlos entgegnete ihm der Held mit dem nickenden Helmbusch: ‚Sohn des Peleus, hoffe, mich nicht mit Worten zu schrecken, so als sei ich ein Knabe. Auch ich verstehe vortrefflich, kränkende oder auch frevelhaft prahlende Worte zu sprechen. Du bist tüchtig, ich weiß es, ich bin dir weit unterlegen. Aber der Ausgang des Kampfes liegt im Schoße der Götter: ob ich nicht trotzdem, bin ich auch schwächer, durch Speerwurf dich töte; denn es besitzt auch mein Speer eine stechende Spitze!“
„Ich kann mir den Mist nicht länger anhören“, rief jemand mitten in den Vortrag hinein. „Wo lebt ihr denn? In der Provinz, was? Hier in Athen ist die Zeit nicht stehen geblieben wie in euren Köpfen.“
Demetrios schwitzte unter seiner Maske, aber noch antwortete er ruhig mit einem weiteren Zitat aus Homers Theaterschatz:
„Siehe, kein Wesen ist so eitel und unbeständig wie der Mensch.“
Die ersten Zuschauer erhoben sich, drängten durch die Reihen zum Ausgang. Ein Theaterdiener versuchte die, die lauthals protestieren, zu beschwichtigen, damit die Vorstellung nicht weiter gestört würde. Doch die Unruhe unter den Theatergästen schwappte von den hinteren Reihen quer durch das Amphi-

theater bis zur Bühne. Die Rhapsoden standen einen Augenblick versteinert wie attische Säulen. Als einer der Mimen zu einem weiteren Vortrag ansetzte, hob Demetrios die Hand.

„Es hat keinen Sinn", sagte er und nahm die Maske ab. Sie hinterließ quer und länglich verlaufende Abdrücke auf seinem Gesicht. Der Tumult ringsum glich dem Summen eines wütenden Bienenschwarms. Ein Teil des Publikums zerstreute sich gleich aufgeschreckten Hühnern. Einige verabschiedeten die Darsteller mit einem tröstenden Achtungsapplaus. – Was ist der Mimen Götterschmaus? Applaus!

Demetrios war am Boden zerstört. Es dauerte eine Weile, bis er die Kraft fand, zu seinem Esel zu gehen, der zum wiederholten Male mit einem markerschütternden Schrei die Aufmerksamkeit auf sich lenkte. Polli trabte Demetrios entgegen und rieb den Kopf an seiner Schulter. „Habe ich dich wirklich mit all dem Zeug auf dem Rücken zurückgelassen?", seufzte er. „Kein Wunder, dass du protestierst. Ich werde dir heute noch eine Extraportion Disteln beschaffen, die du so gern magst."

Eine junge Frau wartete am Eingang des Theaters, bis Demetrios seinen Esel versorgt hatte. „Ich möchte mich bedanken, die Aufführung hat mir gut gefallen. Es tut mir leid, dass Störungen die Darbietung beeinträchtigt haben."

Der Schauspieler blickte überrascht auf. Die Frau lächelte. Sie war anmutig und schön.

„Störungen – das ist weit untertrieben. Die Krawalle schmerzen mir immer noch in den Ohren. Aber vielen Dank für die tröstenden Worte!"

Die Schauspieler packten ihre Utensilien zusammen. Am Brunnen vor dem Theater befreiten sie sich von Garderobe und Schminke. Sie bewohnten eine einfache Pension im Plaka-Viertel. Die Zimmer waren klein, doch sauber. Kleine Mandelbäume wuchsen an der Fassade des weiß gestrichenen Hauses. Im Hof spendeten ein weißer und ein rosafarbener Oleanderstrauch Schatten. Schräg gegenüber befand sich eine kleine Taverne, die Meeresfrüchte, Oliven und Gemüse anbot und mit Gewürzen wie Thymian, Salbei und Petersilie nicht geizte. Der Geruch ließ Demetrios das Wasser im Mund zusammenlaufen.

Demetrios war ein schlechter Esser. Nicht weil es ihm nicht schmeckte, sondern weil er notgedrungen sparsam war und auf opulente Mahlzeiten verzichtete. Die große Epoche der Rhapsoden war passé. Die Blamage heute hatte ihm wieder eine wichtige Lektion erteilt. Nachfolger würde es nicht mehr geben. Entsprechend musste er handeln. Manchmal fiel es ihm schwer, die Gruppe zusammenzuhalten, denn wer nach besseren Verdienstmöglichkeiten Ausschau hielt, wurde nicht enttäuscht. Auch am politischen und religiösen Horizont kündigten sich Veränderungen an. Die Menschen schienen sich von der alten Götterwelt zu entfremden. Was nutzten die vielen den Göttern gewidmeten Altäre, wenn sie nur die steinernen Stätten vergeblicher Erwartungen blieben? Die meisten Griechen verehrten die zwölf olympischen Hauptgottheiten: Zeus, Hera, Poseidon, Demeter, Athene, Ares, Aphrodite, Apollon, Artemis, Hephaistos, Hermes sowie Hestia oder Dionysios. Daneben gab es ägyptische und römische Einflüsse der Gottesverehrung.

In jüngster Zeit machten sogenannte Christen von sich reden. Demetrios kannte sie nicht, wusste auch nur, dass es sich um eine junge, lebendige Gruppierung am Rande des griechischen und römischen Götterimperiums handelte. Sie verehrten einen Juden namens Jesus, der im Heiligen Land viele Wunder gewirkt und Versöhnung gepredigt hatte, dann jedoch vom römischen Statthalter Pontius Pilatus hingerichtet worden war. Von Korinth her waren Gerüchte im Umlauf, dieser Mann sei nach drei Tagen in der Unterwelt zu neuem Leben erweckt worden und seinen Angehörigen erschienen. Demetrios und seine Theatergruppe glaubten diesen Schilderungen nicht. Soweit er wusste, war noch nie jemand aus dem Reich des Todes in diese Welt zurückgekehrt, und auch in diesem Fall war es wohl nicht mehr als ein Gerücht.

Die Sonne verschwand hinter dem Kalkschiefergebirge im Norden der griechischen Halbinsel Attika und westlich von Athen. Wie auf Kommando begannen die Grillen ihr Abendkonzert. Ein unbeschreiblich süßer Duft stieg aus den Gärten unterhalb des Areopag auf. Er schien nicht nur den Oleander- und Olivenbäumen zu entströmen, auch der Lavendel und die Lorbeersträucher vermehrten den Wohlgeruch.

Damaris wartete auf einer Bank, die Ohren auf die Geräusche in ihrer Umgebung konzentriert, auf ihre Freundin Antigone. Benannt war sie nach der Tochter des Ödipus, König von Theben. Die beiden jungen Frauen, Damaris und Antigone, waren seit Kindertagen miteinander befreundet und auch jetzt vertraute Gesprächspartnerinnen. An diesem Abend hatten sie Gewichtiges zu besprechen. Damaris stand im Jahr ihrer Eheschließung und wusste nicht, ob sie sich auf das Abhängigkeitsverhältnis von einem Mann einlassen sollte. Ihre Eltern hatten diese Verbindung mit den Eltern von Dionysios Areopagites arrangiert, und was sie beschlossen hatten, galt für die irdische Ewigkeit.

Damaris war in Gedanken vertieft, sodass sie die lautlosen Schritte der Freundin nicht wahrnahm. Plötzlich fasste Antigone sie sanft an der Schulter, so behutsam, dass sie nicht erschrak.

„Danke, dass du gekommen bist!" Damaris atmete hörbar auf.

„Ist doch selbstverständlich. Mit dir über die Hochzeit zu reden, ist doch das Wenigste, was ich für dich tun kann." Antigone nahm Damaris in den Arm. Beide waren etwa gleichaltrig. Im letzten flackernden Licht des schwindenden Tages war ihre Schönheit nur zu erahnen, die bei Tage die Augen vieler junger Männer auf sie zog. Antigone gehörte zu den Hetären, zu den anspruchsvollen Prostituierten in Griechenland, die im Unterschied zur Dirne hochgebildete, politisch und gesellschaftlich einflussreiche Frauen waren. Die Hetäre konnte sogar eine dauerhafte Liebesbeziehung eines bedeutenden Mannes, allerdings auch eine Frau mit verschiedenen Männern sein. „Hetäre" bedeutete „Freundin und Gefährtin". Antigone lebte mit einem kultivierten Mann namens Ernestos zusammen, der im Parlament eine gesicherte Position innehatte.

Nun kam sie gleich auf den Kern des Treffens zu sprechen.

„Liebst du ihn?"

„Ich denke, ja. Genau weiß ich es nicht."

„Was meinst du?"

„Ich bin unschlüssig. Dionysios Areopagites hat Vorzüge. Es heißt, er ist ein guter Mensch."

Antigone lächelte. Obgleich es dunkel war, spürte Damaris den sanften Spott in diesem Lächeln.

„Ich ahne, du würdest dir lieber einen anderen Mann aussuchen, wenn du es dürftest."

„Ich weiß nicht. Meine Eltern und er haben entschieden. Für meine Familie ist das ein Vorteil. Wir sind Zugereiste."

Sie setzten sich, doch hielten sie sich bei den Händen.

„Du siehst diese Verbindung sehr nüchtern, Damaris. Das ist einerseits gut so. Doch ich würde an deiner Stelle nicht so hart urteilen. Ist seine Liebe groß genug, wird dein künftiger Mann seine Dominanz nicht ausspielen."

„Das hoffe ich sehr. Aber wer gibt mir die Garantie? Die Männer beanspruchen alle Rechte für sich, von Frauen, Sklaven und Zuwanderern ist nicht die Rede. Das war so in der Vergangenheit und wird, wenn sich nichts ändert, so bleiben."

„In Sparta haben die Frauen deutlich mehr Rechte als hier. Auch Platon hat sich bei uns für die Gleichberechtigung der Frauen eingesetzt, blieb jedoch ungehört."

Damaris nickte und drückte Antigones Hand. Jeder Bürger besaß das Recht, in der Volksversammlung seine Meinung zu äußern und sich aktiv an der Politik zu beteiligen. Jeder Bürger – von der Bürgerin war nicht die Rede. Frauen standen auch weiterhin unter der Vormundschaft des Mannes und waren vom politischen Leben ausgeschlossen. Was ihnen zugestanden wurde, war die Erziehung der Kinder und die Führung des Haushalts. Erben durften sie auch nicht. Einzig Priesterinnen besaßen die Chance, höhere Positionen zu bekleiden. Der Kyrios aber, der Herr, verfügte über alle Rechte. Er konnte alle zur Familie gehörenden Frauen verheiraten. Ab 16, oft bereits mit 13 Jahren, übergab er sie dem von ihm bestimmten Bräutigam. War eine Ehe nicht glücklich oder blieb sie kinderlos, durfte der Ehemann seine Frau verstoßen und in ihre Familie zurückschicken.

„‚Damarias' heißt ‚die Geliebte, die Gattin, Ehefrau' oder ‚vom Volk erfleht'", sagte Antigone in die plötzliche Stille hinein. „Du wirst es bei Dionysios Areopagites sicher besser antreffen als bei jedem anderen Mann."

„Du kennst ihn nicht. Ich kenne ihn nicht. Ein gezeichnetes Porträt hat man mir kurz gezeigt. Damit konnte ich nicht in seine Seele schauen. Wenn er mir auf der Straße begegnen würde, ich glaube, ich würde ihn nicht erkennen."

„Und wie war dein Eindruck?"

„Passabel, soweit ich auf dem Bild feststellen konnte. Ja, ein angenehmes Äußeres, das kann ich nicht verhehlen. Aber er ist wesentlich älter als ich."

Antigones unschlüssige Kopfbewegung ließ Damaris schweigen. Von der Stadt her drängten sich die Geräusche der Nacht bis zu dem Hang hinauf, an dem sie saßen. Hundegebell und Eselsgeschrei wechselten mit dem Geklapper von Pferdehufen und dem Rattern der Wagen auf den gepflasterten Straßen.

„Du weißt, dass es dir durch eine möglichst großzügige Mitgift deines Vaters in der Familie deines Ehemanns nicht schlecht gehen wird", nahm Antigone nach einer Weile den Gesprächsfaden wieder auf.

„Ich weiß. Aber ist das genug?" Damaris blickte hinauf zum Himmel, an dem die ersten Sterne erschienen. „Was ich mir wünschen würde, das ist jemand, mit dem ich vertraut reden kann, mit dem ich zusammen Pläne schmieden kann, der ähnliche Ansichten und Wünsche hat wie ich. Jemand, den ich lieben kann."

„Hirngespinste!", entgegnete Antigone und lachte herzlich. „Das Leben ist kein Wunschtraum, weißt du? Es wird nie so, wie du es dir erträumst. Aber keine Angst, es kommt zwar sicher anders, aber nicht unbedingt schlechter."

Damaris schlief schlecht in dieser Nacht. Und auch die folgenden Nächte wollte der Schlaf sich nicht so einfach einstellen. Die bevorstehende Hochzeit überschattete ihr Leben. Doch zugleich spürte sie auch eine stärker werdende Neugier auf das, was ihr bevorstand. Dieser Dionysios Areopagites, dem sie angetraut werden sollte, schien ein vertrauenswürdiger Mensch zu sein. Jedenfalls bestätigten das die Urteile, die sie heimlich einholte. Sie erfuhr, er sei ein korrekter Kaufmann, der im „Bauch Athens", in der großen Markthalle, einen Handel mit einheimischen und fremdländischen Früchten und Gewürzen trieb, dessen Geschäftsverbindungen bis in den vorderen Orient reichten und der überall hohes Ansehen genoss. Auch die Nachbarschaft ihres künftigen Gemahls bezeugte ihm einen ehrlichen Umgang mit seinen Geschäftspartnern und Kunden. Zunächst hatte seine Tätigkeit Verwunderung ausgelöst, denn Dionysios Areopagites bekleidete inzwischen ein hohes Richteramt auf dem Areopag und musste wie viele seinesgleichen nicht mehr arbeiten, um seinen Lebensunterhalt zu verdienen. Dennoch beschäftigte er eine Reihe Diener und Sklaven, denen er zum Broterwerb verhalf und von denen er einige seines Vertrauens an seinem Geschäft beteiligte. Dionysios vertrat die Ansicht, dass Arbeit nicht schade, und daran hielt er sich, mochten seine Freunde auch mit dem Kopf schütteln oder abfällige Bemerkungen machen. Vor diesem Hintergrund blickte Damaris voll vorsichtiger Hoffnung in die Zukunft. Doch noch waren ihre Zweifel nicht ganz ausgeräumt.

Dionysios Areopagites wohnte mit seinen Angehörigen in der Kerameikosstraße in einem alten Familienpalast, den sein Großvater erworben hatte. Er lag im alten Töpferviertel, dem Demos Karameikos, wo es eine Reihe Quellen gab, und am Schauplatz bekannter historischer Orte. Leichenzüge berühmter Athener und Staatsbegräbnisse für gefallene Krieger führten hier vorbei. Doch auch religiöse Prozessionen führten durch die Straße. Nicht zu vergessen die Agonen, sportliche oder musische Wettstreite, die viele Besucher hierherlockten. Ein zentraler Bezugspunkt aber war der Zwölf-Götter-Altar, der die Straße aus dem Gewirr anderer Verbindungen hervorhob. Der edle Familiensitz an der Karameikosstraße würde die zukünftige Wohnung von Damaris sein. Hier würde sie zahlreichen Angestellten und Dienerinnen vorstehen.

Wenn sie ihrem Herzen hätte folgen dürfen, würde sie sich für Jonas entschieden haben. Jonas war ein junger Mann in der Nachbarschaft ihres elterlichen Hauses, genauso alt wie sie, mit krausen schwarzen Haaren und einem bräunlichen, heiteren Gesicht mit lebhaften Augen. Viele junge Mädchen schwärmten für ihn, auch wenn er für sie als Mann nicht infrage kam. Denn Jonas war mit seiner Familie aus Korinth eingewandert. Sein Vater, ein Bauunternehmer, hatte vor einigen Jahren ein eigenes Geschäft gegründet, das ihn und die Seinen mühevoll über Wasser hielt, denn Grunderwerb und steuerliche Vorteile konnte er in Athen nicht in Anspruch nehmen; Zugereiste blieben Menschen zweiter Klasse.

Der Philosophie des Aristoteles zufolge war körperliche Arbeit etwas Niedriges im Gegensatz zur geistigen Tätigkeit. In einem seiner politischen Werke hatte er gar geschrieben: „Als eine banausische Arbeit ... hat man jene aufzufassen, die den Körper oder die Seele oder den Intellekt der frei Geborenen zum Umgang mit der Tugend und deren Ausübung untauglich macht. Darum nennen wir alle Handwerke banausisch, die den Körper in eine schlechte Verfassung bringen, und ebenso die Lohnarbeit. Denn sie machen das Denken unruhig und niedrig.“ Die freien Griechen strebten danach, mehr Zeit zu haben für das beschaulichen Betrachten der Dinge, und überdies wollten sie sich der Politik widmen. In der Gelassenheit sahen sie zudem einen Weg, einem

Gott ihrer Vorstellung ähnlich werden. Der Sinn des menschlichen Lebens war für sie in der praktischen, tätigen Arbeit nicht zu finden. Dafür gab es die Sklaven. Allerdings brachte Griechenland eine Reihe bedeutender Philosophen und Mathematiker hervor, die in der geistigen Welt zu Hause waren und deren Erkenntnisse wertgeschätzt wurden. Am Lehrsatz des Pythagoras bissen sich viele Schülerinnen und Schüler die Zähne aus.

Dass Damaris ein ungewöhnliches Kind gewesen war, das sich in keines der bekannten Schemen einpassen ließ, hatte ihre Mutter Klio schon geahnt, als sie ihre Tochter zum ersten Mal im Arm gehalten hatte. Später war Damaris häufig um Harmonie und Ausgleich bemüht. Sie spielte gern mit anderen Mädchen ihres Alters, mit Briseis, Olympias, Despina und Hera, manchmal jedoch auch allein, und es hatte den Anschein, dass sie das Alleinsein gelegentlich sogar bevorzugte. Der Winter war zwar nie besonders kalt, doch kaum machte der Frühling sich bemerkbar, lief Damaris hinaus in den Wald. Sie sog den würzig-aromatischen Duft der feuchten Walderde ein und betastete die Rinden der Bäume im Nebel oder in der Dämmerung.

Hatten sie nicht alle Gesichter oder schien es nur so? Damaris fragte oft ihre Mutter, ob sie auch Gesichter erkenne, aber Klio verneinte. Sie erkannte wohl die unterschiedlichen Strukturen, aber Gesichter sah sie darin nicht. Mit der Zeit kam Damaris sogar der Gedanke, dass die Bäume sich gegenseitig halfen wie Geschwister. Dass sie an die Stelle, an der Trockenheit herrschte, ihre Äste ausstreckten, um dem Baum, der am meisten unter der Dürre litt, Schatten zu spenden.

„Das bildest du dir nur ein", meinte die Mutter und auch ihr Bruder Nikos kommentierte die Ansichten seiner Schwester nur mit: „Reine Einbildung!"

Die Eichen wurden von den Griechen mit großer Ehrfurcht verehrt. Als der thessalische König Erysichthon im Hain der Erdgöttin Demeter eine heilige Eiche fällte, strafte sie ihn mit unbändigem Hunger. Im Eichenhain versammelten sich die Stämme und Krieger, um über Krieg und Frieden zu entscheiden, so hieß es in den Überlieferungen fremder Kulturen. Die starken Bäume mussten eine Seele haben, so jedenfalls kam es dem Mädchen vor. Sie waren nicht einfach Gegenstände, über die man verfügen konnte, sondern etwas Heiliges ging von ihnen aus. Damaris lernte bald, dass Blattgrün äußerst wichtig für die Luft war. Manchmal sammelte sie mit ihrer Mutter und den Mägden auch die ölhaltigen Bucheckern. Das war zwar eine mühevolle Arbeit und abends tat allen der Rücken weh, aber diese wichtig Baumfrucht versorgte Menschen und Tiere. Die Buche stand für Festigkeit, Sicherheit, Klarheit, innere Stärke und

seelischen Frieden. Aus den glatten Rinden gewann man Gerbstoffe, die eine fiebersenkende, aber auch entgiftende, blutstillende, appetitanregende und desinfizierenden Wirkung hatten.
Solche Eigenschaften, die die Menschen im Laufe der Zeit enträtselten, mussten doch von einer höheren Kraft auf die Erde entsandt worden sein, um hier Segen zu bringen. Damaris ahnte und war überzeugt, dass diese Kraft nur göttlichen Ursprungs sein konnte. Der griechische Götterhimmel war groß, aber für sie nicht groß genug, um solche Naturwunder wirken zu können. Denn im Olymp lebten die Götter wie Menschen mit Fehlern und Fehden, mit Liebe und Hass. Aber der, der die Welt erschuf und ihre Wunder bewirkte, konnte nur in vollem Frieden und in Harmonie mit sich selbst herrschen.
Mit dieser Grundeinstellung wuchs Damaris auf, und mit dieser Erkenntnis begann ihr Leben als junge Erwachsene.

Damaris kannte die offizielle Einstellung zur Philosophie, dass körperliche Arbeit etwas Niedriges sei. Sie war mit ihr aufgewachsen. Jonas aber behandelte sie wie ihresgleichen, ohne Vorurteile und ohne Differenzierung zwischen frei Geborenen und Dienern, zwischen körperlicher und geistiger Arbeit. Als Kinder waren sie und andere die Urheber mancher Streiche gewesen, die sie etwas verschrobenen Personen gespielt hatten. Ihnen schnatternde Gänse nachts ins Schlafgemach zu sperren, gehörte zum bekanntesten Schabernack. Dagegen einem bekannten Ratsherren einen Schweineschwanz an seinen Chiton zu heften, war schon ein verwegenes Bubenstück. Der Chiton war ein einfaches Tunika-Gewand aus leichtem Leinen. Agamemnon, einer ihrer Mitspieler, hatte seinem Lehrer einen Stinkkäse unter die Sitzfläche des Stuhles geschoben, was zwar die Lacher auf seine Seite, seinem Hinterteil aber eine Tracht Prügel einbrachte.

Jonas arbeitete im „Bauch von Athen", und so begegnete Damaris ihm von Zeit zu Zeit, wenn sie dort mit einer Sklavin für die Familie einkaufte und ihr alter Kinderfreund Obst und Fleisch bei den Händlern ablud. Damaris' Bruder Nikos erhielt eine Ausbildung, auf die die Schwester keinen Anspruch hatte. Ihr Vater Zenon, inzwischen ein angesehener Handwerker mit eigener Werkstatt auf der Agora und mehreren Mitarbeitern, konnte seinem Sohn dank guter Aufträge den Schulbesuch ermöglichen. Mutter Klio hielt mithilfe mehrerer Sklavinnen und Sklaven das Haus in Ordnung. Bis zur bevorstehenden Hochzeit wurde bald auch Damaris zu häuslichen Arbeiten herangezogen. Schließlich musste sie wissen, wie es in der Küche zuging.

In Vaters Handwerksbetrieb begann jeder Tag in aller Frühe. Dem alten Sklaven Pheistos fiel als „paidagogos“ die Aufgabe zu, Nikos zur Schule zu begleiten sowie darauf zu achten, dass er seine Wachstafeln und Bücher nicht vergessen hatte oder nicht den Unterricht schwänzte. Einige Male hatte Damaris dem Bruder eine der Schreibutensilien entwendet. Nikos war stinksauer gewesen. Er klagte: „Was bist du nur für ein Mädchen? Du schleppst fort, womit du doch nichts anfangen kannst. Denn selbst wenn du ein paar Buchstaben entzifferst, wird dir der Sinn des Satzes nicht aufgehen. Es gibt Dinge, die sind nur den Jungen vorbehalten. Musik und Tanz, von denen ich nichts verstehe, magst du pflegen. Im Übrigen hilf der Mutter in Haushalt und Küche, damit du später deinem Mann eine gute Dienerin und Gefährtin bist.“ In solchen Augenblicken wünschte Damaris dem Bruder Pest und Schwefel an den Hals, so zornig war sie. Denn wenn sich ihre Altersgenossinnen auch mit der Tradition der ungleichen Behandlung zufriedengaben, sie wollte sich mit der untergeordneten Rolle der Frau nicht abfinden.

Mit ihrer Mutter Klio konnte Damaris über die Vereinbarungen zum Ehevertrag mit der Familie ihres Bräutigams nicht sprechen. Sie ging der Tochter aus dem Weg. Schließlich war sie bei den Absprachen der Familienoberhäupter auch nicht zugegen gewesen. Vater Zenon hüllte sich in Schweigen. „Es ist alles zu deinem Nutzen geregelt“, verkündete er schließlich nach Damaris’ stetem Nachfragen. Er sagte nicht „Glück“ oder „Vorteil“, sondern „Nutzen“, was Da-

maris einigermaßen beunruhigte. Die Töchter zufriedenstellend und würdevoll unterzubringen, war das Ziel dieser Verträge. Ein ehrlicher Bräutigam übernahm eine hohe Verpflichtung, indem er für ein seriöses und abgesichertes Leben seiner künftigen Frau garantierte. Damit musste es genug sein.
Klio, Damaris' Mutter, betrachtete ihre Tochter mit Sorge. Sie spürte die Unruhe in ihr, die fast täglich offensichtlicher wurde, denn ihre Hände griffen fahrig nach den Dingen des täglichen Gebrauchs in der Küche, wo sie beim Kochen und Abwasch half. Sie ahnte, dass die Hochzeit wie ein unbezwingbarer Berg vor ihr lag, und sie nicht wusste, ob sie ihn erklimmen oder ihm lieber ausweichen sollte. Keine Frage, die meisten jungen Frauen in Damaris' Alter stellten diese Frage nicht. Überlieferte Gewohnheiten gehörtem zum festen Bestandteil des Lebens, was konnte falsch daran sein? Ein guter Mann war ein Glück. Und Glück bedeuteten auch die Kinder, die womöglich aus dieser Ehe hervorgingen.
„Wir sollten Damaris für eine Weile zu den Großeltern schicken. Vielleicht kommt sie dort auf andere Gedanken."
„Du meinst zu Achaios und Admete?"
„Ja."
Zenon kraulte seinen Bart. „Ich würde davon abraten, Klio. Aber Frauen haben ein besseres Geschick, sich in andere Menschen hineinzudenken. So soll es also sein."

Damaris war froh, Athen für einige Tage verlassen zu können und dadurch auch ihrem Bräutigam aus dem Wege zu gehen. Nicht dass sie sich vor einer Begegnung gefürchtet hätte, aber es tat ihr gut, eine neue Umgebung genießen und, wie sie sagte, eine andere Luft atmen zu können. Sie beobachtete das harte Leben der Großeltern, wie sie Heu einfuhren, Weinreben beschnitten, die Kühe melkten und den Esel versorgten. Es schien ihr, dass der gemeinsame Rhythmus der Lebensgestaltung seit Jahrzehnten eingeübt, gepflegt und nicht hinterfragt wurde. Alles hatte seine Ordnung, und diese Ordnung warf keine Fragen auf. Achaios und Admete freuten sich über die Anwesenheit ihrer Enkelin. Aber der Frage nach ihrer Verheiratung gingen sie geschickt aus dem Wege. Denn sie wussten, wie schwer es einer Frau wurde, einer ungewissen Zukunft hoffnungsvoll entgegenzugehen.

An manchen stillen Tagen stieg Damaris den Lykabettus hinauf, den Pfad der Wölfe, von dessen Spitze man das ganze attische Becken übersehen konnte, ebenso die Akropolis, das Panathenische Stadion, den Zeustempel und das hellenische Parlament. An guten Tagen erlaubte es die Sicht sogar, die Insel Ägina deutlich am Horizont zu erkennen. Nach der Legende war die Anhöhe erschaffen worden, als die Göttin Athene einen Felsbrocken des Penteli Gebirges in die Stadt getragen hatte, um die Akropolis mit einer Mauer zu umgeben. Weil sie aber gleichzeitig

den Säugling Arechtheas auf dem Rücken getragen hatte, war der halbe Berg zu Boden gefallen.
Damaris genoss die Einsamkeit des Berges und den Gesang der unzähligen Vögel. Kam sie von der Wanderung zurück, stand in der Laube ein kleiner Krug mit gekühltem Wein und ein Kanten vom selbst gebackenen Brot für sie bereit. Großmutter Admete sorgte für ihre Enkelin wie für eine von einer Krankheit genesende Patientin.
Das Zusammenleben der Großeltern erschien Damaris beispielhaft für eine gelungene Ehe. Sie wusste, dass längst nicht alle zusammengeschmiedeten Verbindungen in solcher Harmonie verliefen, aber hier zeigte sich, dass es möglich war, in gegenseitiger Rücksichtnahme das Beste aus einer Zweisamkeit zu machen. Ob sie einander tatsächlich liebten? Zu fragen getraute sie sich nicht, und sie war sich auch nicht sicher, ob sie von den Großeltern eine ehrliche Antwort bekommen hätte. Achaios hätte vielleicht geantwortet: „Wir haben uns arrangiert“, was nichts über Liebesgefühle und besondere Zuneigung ausgesagt hätte. Admete hätte eventuell dazu genickt, sich möglicherweise aber nicht weiter dazu geäußert, außer dass sie es klug getroffen hätte und dankbar sei.
Damaris kehrte beruhigt nach Hause zurück, in der Seele gestärkt, aber auch mit Geschenken für die geplante Ehe. Die Großaltern versprachen zu kommen, wenn es ihre Gesundheit zuließe.
Inzwischen war Damaris’ Hochzeit Stadtgespräch.

Auch wenn sie persönlich nicht dazu beitrug, über die Verbindung mit einem so berühmten Mann wie Dionysios Areopagites wurde überall gerätselt. Auch Jonas kannte den Zeitpunkt der Eheschließung. Der Hekatombaion war der erste Monat des attischen Jahres. Am 28. Hekatombaion feierte man in Athen zu Ehren der Stadtgöttin Athene die Panathenaia, das größte religiös-politische Fest der Stadt. Im Mittelpunkt stand eine neu gewebte Kultdecke für Athene zur Erinnerung an die Geburt des Erechtheus, des Königs von Athen und Ziehsohn der Göttin Athene. Damaris hatte den Zeitpunkt der Hochzeit gelegentlich erwähnt, wenn sie sich und Jonas in der Markthalle trafen. Fast hätte man meinen können, sie wolle sich vergewissern, dass der Schritt, den sie ging, ja, gehen musste, auch von ihrem alten Freund gutgeheißen wurde. Jonas äußerte sich dazu nicht, sagte nur, was man den landläufigen Gepflogenheiten nach bei so einer Gelegenheit sagt. Auf dem Grund seiner Seele indes herrschte ein Sturm, der ein Ventil suchte. Denn wenn er als Migrant auch über keine nennenswerte Bildung verfügte, der gesunde Menschenverstand sagte ihm, dass den Frauen in diesem Staat Unrecht geschah. Und nicht nur den Frauen: Auch die zugezogene Bevölkerung musste lange um Gleichberechtigung kämpfen; ihr Status war so umstritten wie der der Sklaven, die sich gelegentlich freikaufen konnten. Grundbesitz durften die Einwanderer nicht erwerben. Bedachte man diese Einschränkungen,

waren lediglich zwischen 15 und 20 Prozent der Bevölkerung am politischen Leben beteiligt.
„Ich weiß von einem Propheten, der Mann und Frau gleich hoch schätzt“, rückte Jonas eines Tages mit der Sprache heraus. „Es gibt einige Leute im Land, die von ihm gehört und seine Botschaft weitergetragen haben. Er lehrt: Die Menschen sind nach Gottes Ebenbild geschaffen. So kann die Frau nicht von geringerem Wert als der Mann sein. Was meinst du?“
Damaris erschrak. Solche Gedanken gingen im Kopf eines zugezogenen Bürgers um? Den zahlreichen Gelehrten im Land, den berühmten Philosophen, Mathematikern und Ärzten kamen solche Überlegungen nicht in den Sinn? Ihr Herz jubelte.
„Was würde ich darum geben, diesen Mann kennenzulernen.“
Die Sommertage wuchsen dem Zeitpunkt der Hochzeit entgegen. Damaris’ Unruhe nahm zu. Jedoch auch zu Hause spürte sie eine zunehmende Hektik, die Vater Zenon zwar geringschätzte, die aber dennoch vorhanden war. Eines Tages stürzte Jonas am Rande der Markthalle auf Damaris zu. „Wir werden hohen Besuch bekommen.“
„So, wer ist es denn?“
„Jener Mann, der von der Gleichheit aller Menschen spricht! Er heißt Paulus.“
„Paulus?“
„Ja, ein Apostel. Er ist Zeltmacher von Beruf wie mein Vater Mários. Vater hat ihn eingeladen und er

hat ohne Bedenken zugesagt. Er wird bei uns in der jüdischen Gemeinde zu Gast sein."
Damaris spürte, wie ihr die Farbe aus dem Gesicht wich. Sie fasste nach ihrem Herzen.
„Mein Gott, Jonas, welch ein Glück!"
„Das sage ich auch. Du darfst gern zu uns kommen und ihn kennenlernen."
„Wie?"
„Vater hat gleich zugestimmt, als ich ihn darum gebeten habe."
Damaris fehlten die Worte. Dann stürzte sie auf Jonas zu, schlang ihre Arme um seinen Hals und gab ihm einen flüchtigen Kuss.

Welchem Antrieb folgte der Mann, den sie jetzt Paulus nannten und der zunächst mit Barnabas, Timotheus, dann Silas durch die Lande zog? Das Erweckungserlebnis auf dem Weg nach Damaskus wirkte so vehement nach, dass alle Jünger von der Begeisterung dieses römischen Juden überrascht waren. Petrus blieb allerdings zeitweise voller Misstrauen. War es Neid, der an ihm, der doch zum „Fels", zum Leiter der Anhänger dieses Jesus bestimmt war, nagte? Die Erfolge dieses Mannes mit römischer Staatsbürgerschaft waren indes verblüffend. Paulus war eine politische, eine religiöse, eine psychische Kraft, deren Wirkung auf die junge Gemeinde der Christen

ausstrahlte wie die Sonne auf dem Berg Horeb, wenn sie den Zenit erreicht hatte. Das nächste Ziel seiner Reise hieß Lykaonien, einst eine Landschaft im zentralen Kleinasien. Zusammen mit dem nordwestlich angrenzenden Galatien nahm sie den größten Teil des zentral-anatolischen Hochlandes ein. Paulus war stark, er wanderte ausdauernd. Sein Stock war tagelang sein einziger Begleiter, mit dem er sich in abgelegenen Gegenden wilde Tiere vom Leibe hielt, aber auch manchen Räuber in die Flucht schlug. Seine hohe, majestätische Gestalt wirkte Ehrfurcht gebietend. Trotz mancher Vorbehalte der Jünger, die Zeugen des Lebens Jesu gewesen waren, bescheinigte man ihm eine ausdauernde und zielgerichtete Missionsarbeit. In Lystra, gut eine Tagesreise südwestlich von Ikonien, traf er auf eine gläubig gewordene Jüdin und Simon, ihren griechischen Mann.
„Nun, wie geht es dir, Evodia, du Lamm unter den Braunbären? Du hast den christlichen Glauben angenommen. Es ist sicher nicht einfach, zwischen Juden und Heiden zu leben. Nun, was sagst du?“
Evodia lächelte. Ihr schönes und reifes Gesicht hatte einen Ausdruck innerer Gelöstheit. Sie ruhte in sich, vielleicht hatte der Glaube sie geprägt, dachte Paulus, während die Christin ihr Haar kämmte und zu einem Knoten band. Dann bat sie ihn zu Tisch, wo eine Sklavin ein frisches Mahl servierte. Evodia legte Wert auf eine gesunde und ausgewogene Ernährung. Deshalb durften Obst und Gemüse nicht fehlen. Gemüse wur-

de auf viele verschiedene Arten gekocht, zum Beispiel konnte es die Grundlage für eine Suppe sein oder für ein Gemüsepüree, gekocht und mit Olivenöl, Essig und aromatischen Kräutern gewürzt. Häufig tischte sie Gemüse wie Artischocken, Zucchini, Karotten, Rüben oder Gurken auf. Paulus betrachtete dankbar die vorgesetzten Speisen. Dann hielt er inne und erbat den Segen Gottes für die Hausgemeinschaft und vor allem für die Köchin.

„Nenn sie nicht Heiden", wies Evodia Paulus freundschaftlich zurecht, „denn ich weiß, auch mein Mann Simon verehrt einen Gott. Er kennt ihn nicht wirklich, weil er zu wenig von ihm weiß. Aber er traut ihm und vertraut seinem Schutz."

„Verzeih", nickte Paulus. „Vor lauter Begeisterung für Jesus von Nazareth vergesse ich, dass es vor Jesus Götter gegeben hat und ihm weitere folgen werden, es sei denn ..."

Paulus holte tief Luft.

„Was meinst du?"

„Es sei denn, wir Christen sind stark genug, um unseren Glauben überzeugend vorzuleben."

Evodia nickte. Der Alltag zeigte nicht nur seine Sonnenseiten. Sie fühlte sich manchmal als kleine Insel in einem gottverlassenen Umfeld. Denn die Altäre im Land, auf denen die Götter seit Jahrhunderten verehrt wurden, hatten ihre Ausstrahlung allmählich eingebüßt. Sie waren verstaubte Orte ohne wirkliches Leben, ohne spürbare Resonanz.

„Ich hoffe, der Streit zwischen dir und Syntyche ist beigelegt?“ Paulus erinnerte an eine für Evodia unangenehme Auseinandersetzung.
„Es kommt vor, dass wir über finanzielle Dinge in der Gemeinde manchmal uneins sind, wer zuerst unterstützt werden soll und wer erst später. Doch am Ende siegt immer die Vernunft – und das Herz.“
Paulus schmunzelte. Er wusste, wie die beiden Gemeindeleiterinnen keifen konnten, sich am Ende aber immer wieder versöhnten.
„Du bist zu einer großen Missionsreise aufgebrochen“, begann Evodia. „Vergiss nicht, nach Athen zu gehen, um dort den Herrn zu verkünden. Jeder, der etwas auf sich hält und sich in die Fragen der Zeit einmischt, geht in diese griechische Stadt. Du bist stark genug, um mit deiner Botschaft zu überzeugen.“
Der Apostel nickte. „Du hast meine Absicht erraten, ohne dass ich dir bisher davon berichtet hatte, Evodia. Ich habe tatsächlich vor, mich den Diskussionen auf dem Areopag zu stellen. Gottes Geist wird meine Rede lenken. Ich fürchte mich nicht davor.“
Der Hausherr Simon hielt sich zurück, als er Evodia mit dem Gast so reden hörte. Zwar kannte er die Geschichte des Jesus aus den Erzählungen seiner Frau und anderer bekehrter Juden. Doch dass es sich hier um einen Sohn Gottes handeln sollte, kam ihm nicht in den Sinn. Gott hätte viel früher, gewiss seit Jahrhunderten, Gelegenheit gefunden, sich zu offenbaren. Dass dieser Gott als Kind in einem armseligen

Stall zur Welt gekommen sein sollte, konnte nur auf einer Irrlehre oder Täuschung beruhen.
Evodia hatte dem Simon einen Sohn geboren, der Timotheus hieß. Nachdem sich Paulus von Barnabas getrennt hatte, weil er ihn für nicht geeignet für die Mission hielt, brauchte er einen neuen Begleiter.
„Ich habe im Stillen gehofft, Timotheus wäre frei, um mich zu begleiten. Nicht für lange Zeit, aber er sollte getauft sein."
Evodias Augen leuchteten und signalisierten Zustimmung. „Aber ich will nicht über seinen Kopf entscheiden, Paulus. Frag ihn selbst."
Paulus wartete eine geeignete Stunde ab.
„Würdest du dich beschneiden lassen?" Timotheus erschrak, dann zuckte er die Schultern und zugleich dachte er an den Schmerz, der ihm zugefügt werden würde.
„Warum soll ich mich beschneiden lassen?"
„Mit Rücksicht auf die Juden in diesem Land. Es sind jüdische Christen, die hier leben. Durch die Beschneidung können wir uns mit ihnen glaubhaft identifizieren." Timotheus kannte den Glauben seiner Mutter und ihre Begeisterung für Jesus. So war er am Ende stark genug, das Ritual über sich ergehen zu lassen.
Paulus führte eine Mappe mit Schriftstücken mit sich, Beschlüsse und Entscheidungen der Apostel und Ältesten in Jerusalem. Er breitete die Dokumente aus, um mit den anwesenden Christen darüber zu sprechen. Es gab Einwände, die der reisende Missio-

nar abwehren konnte. Ein einheitliches, abgestimmtes Grundprogramm war für die Verbreitung des Christentums und ihre Wirkung auf das Umfeld unerlässlich. Andererseits mussten regionale Eigenarten bedacht werden. Paulus verließ sich auf die Lenkung und Führung des Heiliges Geistes. Er betete um Einsicht, um Erkenntnis, und so kam er nach einem herzlichen Abschied von Evodia und ihrem Mann Simon mit seinem Begleiter Timotheus in Gegenden, wo er nicht predigte, sondern der Geist ihn weiterführte in andere Gebiete.

Das Gespräch ging jetzt schon in die zweite Stunde. Auch wenn es im Hause von Damaris und ihren Eltern stattfand, Dionysios Areopagites führte das Wort. Zenon und Klio hörten, was er in die Ehe mit ihrer Tochter an Gütern einzubringen gedachte, jedoch spürten sie auch eine gewisse Oberflächlichkeit seiner Worte, ja, Nachlässigkeit und Interessenlosigkeit. Ihn zu fragen, warum er nicht freudiger bei der Sache sei, getrauten sie sich nicht. Immerhin bekleidete der Bräutigam in dieser Stadt Ämter, auf die sich andere Aspiranten Hoffnung gemacht hatten. Die Braut war von dieser Unterredung ausgeschlossen. Sie saß im Nebenzimmer, wartete ängstlich und im Ungewissen. Im Grunde erwartete sie nicht viel Gutes, Dionysios Areopagites war in jüngster Zeit

wenn auch nicht abweisend, doch bedeckt und zurückhaltend gewesen. Zärtlichkeiten hatte er abgelehnt.
Damaris hatte diese Abweisung zunächst mit seiner politischen Verantwortung in Verbindung gebracht. Vielleicht sorgte er sich um Aufgaben, die er zu verantworten hatte und bei denen es zu Schwierigkeiten gekommen war. Seine Vorgesetzten, der Ältestenrat auf dem Areopag, schonten niemanden, dem Fehler unterlaufen waren, und ersetzten ihn schnell durch einen anderen Bewerber. Doch Damaris' Bruder Nikos war anderer Ansicht. Er wollte seine Schwester in dieser schweren Stunde nicht allein lassen und hatte sich zu ihr geschlichen.
„Dionysios Areopagites ist für die da oben gar nicht zu ersetzen. Er arbeitet vortrefflich für die Stadt. Athen hat selten einen so guten Politiker gehabt."
„Aber warum ist er jetzt so – anders?"
Nikos wollte nicht mit der Sprache heraus. Schließlich sagte er:
„Ich fürchte, er ahnt, was in dir vorgeht und will dir nicht zu nahe treten."
„Meinst du, er spürt meine Vorbehalte gegenüber einer Ehe?"
„Ja, das glaube ich. Und ähnliche Vorbehalte hat er, schätze ich, ebenfalls."
Damaris griff nach Nikos' Arm. „Was habe ich falsch gemacht?"
„Schwer zu sagen. Ihr schätzt euch, aber ihr liebt

euch nicht. Das spürt man. Deine Gründe kenne ich. Bei Dionysios Areopagites müssen andere Ursachen vorherrschen. Vielleicht hat er Pläne, die einer Ehe entgegenstehen."
„Aber warum sitzt er jetzt bei unseren Eltern, um über die Mitgift zu verhandeln?"
Nikos atmete einmal tief durch. „Das ist ein Geheimnis, dem du auf die Spur kommen musst. Vielleicht steht er zu seiner Absprache und will dich nicht entehren."
„Das ist mir alles zu hoch."
Der Bruder lächelte. „Ehrlichkeit und Verantwortung können manchmal Steine auf dem Lebensweg werden."

In Troas schlief Paulus unruhig. Er träumte von einem Mazedonier, der am Ufer stand und ihn bat: „Komm herüber nach Mazedonien und hilf uns!" Unruhe bemächtigte sich des Apostels nach dieser Nacht. „Wie kannst du dich auf Träume stützen, Paulus? Bedenke, wir verlassen Kleinasien, um diesem Mazedonier zu helfen, ihm und seinem Volk. Wir überschreiten die Grenzen und kommen nach Europa."
Timotheus ergriff eine große Unruhe, als er den Traum mit Paulus erörterte.
„Hat nicht auch Josef, der Nährvater Jesu, geträumt, er möge das Land mit Maria und dem Kind verlassen,

um in Ägypten vor den Nachstellungen des Herodes Schutz zu suchen?"

„Das ist wohl wahr, jedoch bist du so fest überzeugt, den Plan Gottes zu verwirklichen, wenn du den Traum befolgst?"

„Ja, Timotheus, denn es gibt Träume, die nachhaltig bis ins wache Bewusstsein hineinragen. Und ich weiß, eines solchen Traumes hat sich Gott bedient, um unsere Mission voranzutreiben. Denn diese Mission soll doch bis an die Enden des Kosmos führen, hat Jesus verheißen. ‚Geht hinaus in alle Welt ... bis an die Grenzen der Erde.' Der Traum hat mir gezeigt, das Evangelium gilt allen Menschen. Wie können wir uns dann noch durch die Grenzen der Kontinente aufhalten lassen? Im Traumgesicht dieser Nacht ist mir klar geworden: Gott will mich in Europa haben, damit ich dort seine Mission fortführe."

Ahnte Paulus, dass es in Athen eine junge Frau gab, die seine Gegenwart erhoffe, die darum betete, ihm bald begegnen zu dürfen? Damaris hatte nicht aufgehört, die Ankunft des Missionars herbeizusehnen. Von ihm erwartete sie neue Impulse für ein Leben, das alte Traditionen durchbrach.

Ursprünglich bezeichnete Troas die ganze nordwestliche Ecke von Kleinasien, das ehemalige Herrschaftsgebiet der antiken Stadt Troja. Im Südwesten hatten die Römer an der Küste des Ägäischen Meers die gleichnamige Hafenstadt Troas angelegt, die Paulus mehrfach besuchte.

Timotheus dachte lange über die Worte nach, die Paulus über die Traumdeutung gesagt hatte und die ihn nun bewegten, seine Reiseroute zu ändern. Paulus spürte den leichten Zweifel seines Begleiters und klärte ihn auf, dass auch Cäsar, bevor er den Rubikon überschritt, Alexander vor seinem Perserfeldzug und Hannibal vor dem zweiten Punischen Krieg Träume gehabt hatten, die ihre Entscheidungen beeinflussten. Die beiden Missionare verließen Troas und gelangten zunächst nach Samothraki, eine gebirgige und wasserreiche griechische Insel in der nördlichen Ägäis. Von dort führte der Weg sie nach Neapolis und schließlich nach Philippi, eine antike Stadt und Festung im Osten von Mazedonien, an der thrakischen Grenze in der vom Angitis durchflossenen Ebene. Was Paulus seinem Tagebuch anvertraute, waren Stationen am Wege, Verbindungen zwischen verschiedenen Orten. Was er nicht aufschrieb, war die Anzahl der Blasen an den Füßen, die beiden Männern das Fortkommen erschwerten. Der Heilpraktiker, den sie einmal aufsuchten, warnte davor, die Blasen aufzustechen, um die Flüssigkeit zu entfernen. Zu leicht könnten sich die Stellen infizieren. Er riet zu mehrtägigen Pausen, was Paulus jedoch ablehnte. „Die Liebe Christi drängt mich." Timotheus verstand das nicht. Einige Male nahmen Bauern sie auf ihren zweiräderigen Karren ein Stück mit. Sie kutschierten Äpfel, Birnen und Quitten, aber auch getrocknete Früchte wie Feigen, Walnüsse und Mandeln zu den Märkten. Die

Esel trabten gemütlich Meile um Meile dahin und ließen sich auch von Zurufen oder leichten Stockhieben nicht zur schnelleren Gangart antreiben. Die Sitzflächen waren klein, sodass Timotheus zweimal auf die staubige Straße fiel.
Timotheus war das Laufen nicht gewöhnt. Paulus aber, angetrieben von seiner Mission, konnte ohne Unterbrechung stundenlang marschieren.
„Dass du diese Hitze aushältst", wunderte sich der schwitzende Begleiter. „Spürst du die Sonne nicht, die deinem kahlen Schädel zusetzt?"
Paulus war um eine Antwort nicht verlegen, und er änderte nichts. Einmal wurde ihnen die tägliche Sorge um die Mahlzeiten auf angenehme Weise genommen, als ihnen ein Syrer in einer Taverne eine Hammelfleischplatte mit Erbsen und anderem Gemüse spendierte.
„Ich sehe, es ergeht dir nicht anders als dem Barnabas und dem Markus, die, von den langen Fußmärschen geschwächt, nach Hause zurückgekehrt sind. Ich schlage dir vor, folge ihrem Beispiel." Mit diesen Worten entließ Paulus seinen Begleiter Timotheus in der Hoffnung, ihn später wieder zu treffen. Silas trat an seine Stelle, ein munterer, heiterer Bursche, der erst kürzlich den Glauben angenommen hatte.
„Wir rasteten einige Tage in Philippi", notierte Paulus in sein Tagebuch. Sie wohnten bei einer Witwe, die ein Zimmer im Obergeschoss des Hauses vermietete. Rote Blüten rankten bis an den Fenstersims und

erfreuten die Bewohner mit ihrem Duft. Allerdings blieb Paulus hier nicht untätig, sondern entwarf Briefe an die ersten christlichen Gemeinden in Vorderasien und stärkte sie durch seine Anteilnahme an ihrem Leben. Da der Sabbat nahte, ging er mit Silas zum Fluss, wo sie ein Bethaus erwartete. Hier hatten sich einige Frauen eingefunden. Die beiden Missionare setzten sich zu ihnen und sprachen über das Leben und die Botschaft Jesu.

„Wären nicht die Frauen", bemerkte Silas vielsagend, „wäre es um das Reich Gottes schlecht bestellt."

Dem konnte Paulus nicht widersprechen. Er verwies auf die Hilfe und Treue der Frauen während der Lebenszeit des Gottessohnes. „Jesus wäre ohne die Frauen wahrscheinlich gescheitert. Sie waren mutiger als die Hasenfüße von Jüngern und Aposteln."

Unter den Frauen befand sich eine Purpurhändlerin namens Lydia aus der Stadt Thyatira. Sie gehörte zu den sogenannten gottesfürchtigen Griechen, die als Nichtjuden in die Synagogen gingen und dort dem Gottesdienst beiwohnten. Lydia leitete einen kleinen Betrieb mit einigen Angestellten. Ihre Ware bezog sie aus der Stadt Meninx, die an der geschützten Südostküste der Insel Djerba am Meer lag. Über Meninx, Hauptort der Insel und eine wichtige Hafenstadt, wurde ein Großteil des wertvollen und

begehrten Purpurfarbstoffs verschifft. Als Lydia Paulus reden hörte, ging ihr das Herz auf und sie bat, mit ihrem ganzen Hause getauft zu werden.
„Du hast verstanden, was ich verkündet habe", freute sich Paulus. „Ach, wären doch alle Menschen so begierig nach der Botschaft Jesu und seines himmlischen Vaters."
Lydia lud Paulus und seinen Begleiter also in ihr Haus ein und nötigte sie, mehrere Tage zu bleiben.
Eines Tages begegnete Paulus und seiner Begleitung auf dem Weg zum Bethaus eine Sklavin, von der es hieß, sie habe die Fähigkeit des Wahrsagens. Durch diese Kunst hatte sie ihrer Herrschaft schon manchen finanziellen Gewinn eingebracht. Einmal lief sie Paulus nach und rief: „Diese Männer sind Diener des höchsten Gottes, sie verkünden euch den Weg des Heils."
Obgleich Paulus über diese Weissagung eigentlich hätte froh sein können, denn sie entsprach ja der von ihm gepredigten Wahrheit, passte ihm nicht, was die Sklavin hinausposaunte.
„Sich selbst zu kennen, ist die erste aller Wissenschaften", zitierte er den Philosophen Platon. „Lass mich und meine Botschaft in Ruhe." Und als sie in den folgenden Tagen ihre Weissagung wiederholte, bändigte er den Geist dieser Frau: „Ich befehle dir im Namen Jesu Christi, lass ab von diesem Menschen."
Von dieser Stunde an konnte sie nicht mehr weissagen und die Herrschaften der Sklavin sahen sich um ihre Einnahmen betrogen.

„Lassen wir zu, dass dieser Klugschwätzer unsere Geldquelle versiegen lässt? Was mischt er sich in unsere Geschäfte ein?“
Sie befahlen ihren Knechten, Paulus und Silas zu ergreifen und sie vor die Obrigkeit auf den Marktplatz zu schleppen.
Alexander, der Anführer, klagte die Gefangenen an: „Diese Menschen bringen Aufregung in unsere Stadt. Sie berichten von Dingen, die wir nicht hören, geschweige befolgen dürfen.“
Die Schergen ließen Paulus erst gar nicht zu Wort kommen, sondern gingen nicht glimpflich mit den beiden um. Sie rissen ihnen die Kleidung vom Leib und peitschten sie mit Ruten.
„Warum lassen wir uns das gefallen?“, schrie Silas unter Schmerzen. „Wir haben nichts Unrechtes getan.“
„Der Gerechte muss viel leiden“, zitierte Paulus aus dem Psalm 34, „aber der Herr hilft ihm aus aller Zwietracht hinaus. Bedenke, wie viel größer die Schmerzen waren, die Christus hat erleiden müssen.“
Paulus stieß bei Juden und Nichtjuden immer wieder auf Ablehnung, die sogar bis zur „Aufruhr“ führte. Mehrmals versuchte man, ihn zu steigen und zu geißeln, was körperlich für ihn nicht ohne Folgen blieb. Die Misshandlungen führten zu einer langen Liste von Beschwerden: eine rheumatische Erkrankung, Arthrose, Depressionen, Epilepsie, Malaria und Augenmigräne. Doch da Paulus von seinem Status als

römischer Bürger selten Gebrauch machte, ertrug er die Leiden um Christi willen.
Die Schergen warfen den Apostel und Silas auf Geheiß der Obrigkeit schließlich ins Gefängnis und spannten sie in den Block. Kopf und Arme gefesselt, schien die Missionsarbeit ein vorläufiges Ende gefunden zu haben. Doch ihren Mut verloren sie nicht. Über Mitternacht hinaus beteten und sangen sie und erregten den Unmut der Wache. Plötzlich begann die Erde zu beben, erst mit geringen Stößen, dann immer heftiger. Schließlich bröckelte das Mauerwerk und Steine fielen zur Erde. Die Grundmauern des Gefängnisses wankten, wie auf Kommando öffneten sich die Türen, und der Block, in dem Paulus und Silas gefesselt waren, löste sich. In dem allgemeinen Gewirr flohen viele Häftlinge. Der Kerkermeister jammerte, auch Paulus und Silas seien geflohen. Vor lauter Panik wollte er sich ins Schwert stürzen, denn er ahnte wohl, dass es hier nicht mit rechten Dingen zuging. Doch der Apostel rief ihm zu: „Wir sind noch hier. Tu dir kein Leid an!"
Glücklich darüber, dass die Gefangenen nicht das Weite gesucht hatten, fiel der Kerkermeister Paulus zu Füßen und rief: „Was muss ich tun, um gerettet zu werden?"
Als sich die allgemeine Aufregung gelegt und sich die vielen Schaulustigen verlaufen hatten, nahm er Paulus und Silas mit in seine Wohnung und ließ die Striemen auf ihren Rücken mit Salbe behandeln. Pau-

lus berichtete, was er von Christus wusste und über ihn erfahren hatte. Er schilderte sein Leben, seinen Tod und seine Auferstehung. Sein Vortrag machte so starken Eindruck, dass sich der Kerkermeister und sein ganzes Haus taufen ließen. Dann befahl er seiner Frau Daphne und ihren Sklavinnen, den Gästen ein opulentes Mahl vorzusetzen.
„Typisch Mann“, schmollte sie. „Erst lässt du diese fremden Leute verprügeln, dann schleppst du mir die Männer ins Haus, bist von ihrem Gerede total aus der Bahn geworfen, sodass wir alle ihrer Lehre folgen müssen, und jetzt soll ich sie auch noch festlich bewirten!“
Bei Tagesanbruch erschien ein Amtsdiener, um sich nach den Schäden des Erdbebens zu erkundigen. Als er alles inspiziert hatte, befahl er dem Kerkermeister: „Lass die Leute frei!“
Paulus tat, als sträube er sich zu gehen. „So einfach werden wir uns nicht davonschicken lassen. Wir sind hier ohne Untersuchung arretiert und eingekerkert worden. Zudem hat man uns, römische Bürger, geschlagen und misshandelt. Wir verlangen Genugtuung.“
Als die Stadträte erfuhren, dass sie römische Bürger gefangen gesetzt hatten, bekamen sie es mit der Angst zu tun. Sie begaben sich zum Gefängnis und entschuldigten sich: „Wenn wir gewusst hätten, wer ihr seid, wäret ihr nicht in diese missliche Lage gekommen. Wir bitten, uns diesen Fehler zu verzeihen.

Geht, und verlasst diese Stadt mit besten Wünschen für euer Wohlergehen.“
Lydia hatte inzwischen Blut und Wasser geschwitzt, denn sie wusste nicht, was mit den beiden Männern geschehen war. Als sie erfuhr, dass man sie ins Gefängnis geworfen hatte, trommelte sie die christlichen Brüder und Schwestern zusammen und betete mit ihnen für ihre Freilassung.
„Das ist die wahre Gesinnung. Füreinander einzustehen ist ein Wunsch Jesu gewesen. Er hat diese Mitmenschlichkeit immer wieder gepredigt und vorgelebt. Dank euch und euren Lieben, Lydia. Ihr habt die Botschaft des Gottessohnes verstanden.“

Paulus drängte zum Aufbruch. Durch den Gefängnisaufenthalt hatte er Zeit verloren, die er einzuholen gedachte. Er und Silas verabschiedeten sich von ihrer treuen Gastgeberin mit Gottes Segen und guten Wünschen für die Zukunft. Inzwischen gesellte sich auch Timotheus wieder zu ihnen. Sie zogen auf der römischen Heerstraße, der Via Egnatia, über Amphipolis und Apollonia nach Thessaloniki mit dem Ziel, eine weitere christliche Gemeinde in der römischen Provinz Macedonia zu gründen, deren Hauptstadt Thessaloniki war. Hier fanden Paulus und Silas gastliche Aufnahme im Hause Jasons. Die Juden besaßen hier eine Synagoge in der Nähe des

Hafens. An drei Wochen hintereinander feierte Paulus mit ihnen die Sabbatliturgie.
Der Schabbat begann am Freitagabend, wenn die ersten Sterne am Himmel sichtbar waren, mit der Begrüßungsfeier Kabbalat-Schabbat, die den Übergang vom Arbeitstag zum Ruhetag markierte, und endete am Samstagabend nach Sonnenuntergang, beziehungsweise wenn auch hier die ersten drei Sterne am Himmel standen, mit der Hawdalla-Zeremonie, mit der die Rückkehr vom heiligen Tag zum Arbeitstag erfolgte. Der Samstag war nach dem jüdischen Kalender der siebte Tag der Woche. In der Schöpfungsgeschichte hatte Gott in sechs Tagen die Welt erschaffen und den siebten Tag der Woche zum heiligen Ruhetag erklärt. Der Mensch sollte am Schabbat seine Beziehung zu Gott stärken und ihm für die Schöpfung danken. Das Arbeiten war am Schabbat nach der Tora verboten. Alle genossen die Stille im Raum, die fast fühlbar wurde, weil es so feierlich zuging. Am Schabbat durfte die Hausfrau kein Feuer im Herd machen und auch nicht kochen. Für solche Arbeiten kam eine nicht jüdische Frau aus der Nachbarschaft, die diese Arbeiten gegen ein Entgelt verrichtete und die man „Schabbes Goi“ nannte.
Paulus predigte in der Synagoge auch das Evangelium und ergriff die Gelegenheit, um über Christus als den erwarteten Messias zu sprechen. Das war für viele Juden neu. Der Apostel redete jedoch so überzeugend, dass sich ihm viele Zuhörer anschlossen und sich

taufen ließen, darunter eine ansehnliche Zahl Heiden und vornehmer Frauen.
Die Juden spürten die Unruhe unter den Menschen. Daher holten sie allerhand Leute von der Straße und zettelten einen Aufstand an. Als sie auch Paulus und seine Begleitung vom Haus Jasons auf den Marktplatz vor die Obrigkeit schleppen wollten, trafen sie die beiden nicht an. Nun mussten Jason und einige Brüder Rede und Antwort stehen.
„Diese Kerle bringen die ganze Welt in Aufruhr!"
„Jetzt sind sie auch zu uns gekommen, um Unruhe zu stiften!"
„Sie behaupten, ein neuer König sei mit diesem Jesus in die Welt gekommen!"
„Das widerspricht den Anordnungen des Kaisers!"
„Und das Schlimmste ist: Jason hat sie in sein Haus aufgenommen. Das muss Folgen haben!"
„Ist das wahr, Jason", wandte sich einer der Stadtväter an den treuen Christen, „dass dieser Jesus ein Aufrührer und Gegner der römischen Regierung war?"
„Ich verbürge mich dafür, dass die Behauptungen unwahr sind. Im Gegenteil: Jesus war ein friedliebender Mensch."
„Was zu beweisen wäre."
Der lang ersehnte Regen trieb die Menge auseinander. Zuvor aber entließ man die Gäste Jasons in die Freiheit.
„Gehen wir nach Beröa. Vielleicht sind uns die Ju-

den dort freundlicher gesinnt“, sagte Paulus zu Silas. Noch in der Nacht machten sie sich auf den Weg zu dieser am östlichen Hang des Olympiamassivs gelegenen Stadt. Die Luft war abgekühlt, es ging ein milder Wind, der das Wandern erleichterte. Die erste Station, die Paulus aufsuchte, war auch hier die Synagoge. Mit aller Überzeugung verkündete er das Wort Gottes und fand offene Ohren. Jemand berichtete in Thessaloniki vom Erfolg des Apostels, und sogleich machten sich einige auf, um in Beröa Unruhe zu stiften.

„Geh dem Unheil aus dem Wege“, rieten die Brüder, „und lass dich nicht auf dessen Wirkung ein. Wir werden dich ans Meer geleiten und dir bis Athen Gesellschaft leisten.“

Unterwegs nahm Ambrosios Paulus zur Seite. „Sei vorsichtig, wähle sorgfältig deine Worte, damit es dir nicht so ergeht wie Sokrates.“

„Wieso Sokrates?“

„Er war ein berühmter Philosoph, der vor vielen Jahren in Athen lebte und lehrte und mit der vom Staat anerkannten örtlichen Götterschar nicht zufrieden war. Er wollte neue Gottheiten einführen und wurde deshalb angeklagt. Ebenso warf man ihm Verführung der Jugend vor. Der Prozess fand öffentlich und im Zentrum der Stadt großen Widerhall. Es gab drei Ankläger, aber eine Jury von fünfhundert Männern sollte über das Schicksal des damals siebzigjährigen Sokrates entscheiden. Jeder der Richter legte einen

Stimmstein in eine der zwei Urnen: ‚schuldig' oder ‚nicht schuldig'. Am Ende stand es 280 zu 220 für ‚schuldig'. Hätte er ein Exil aus Athen in Kauf genommen, wäre Sokrates sicher am Leben geblieben. Da er jedoch hoffte, mit einer Geldstrafe davonzukommen, mussten die Juroren das Todesurteil fällen. Das Athener Gesetz sah die Todesstrafe mittels Giftbecher vor. Schierling war eine tödliche Pflanze. Bevor er den Becher nahm, rief Sokrates: ‚Wir können und müssen zu den Göttern beten, dass unser Aufenthalt auf Erden nach dem Grab glücklich weitergeht. Das ist meine Hoffnung. Und dies ist mein Gebet – möge es sich erfüllen.' Dass im Kern auch politische Gründe Ursache für das Todesurteil waren, will ich hier nicht näher erwähnen", schloss Ambrosios seine Rede. „Ich möchte dir nur demonstrieren, dass deine Auftritte in Athen gefährlich werden können, vor allem wenn du die Götterwelt zum Thema machst."
Sie reisten auf dem Wasserweg bis Piräus, den Hafen von Athen. Silas und Timotheus blieben zunächst zurück.

Damaris betete zu den ihr bekannten Göttern um die richtige Entscheidung für ihr zukünftiges Leben. Sie wunderte sich nach einer Weile intensiven Gebets, dass die geplante Ehe mit einem der ranghöchsten Männer Athens dabei immer stärker in den

Hintergrund geriet und anstelle der vielen Namen aus dem griechischen Götterhimmel Jesus Christus ins Zentrum ihrer Anrufung geriet, obgleich sie nur von ihm und seinen Wundertaten gehört, ihn aber nicht näher erkannt hatte. Es war, als ob eine unwiderstehliche Kraft sie zu ihm hinzog, auch wenn sie diesen Drang nicht erklären konnte. Die Lehre dieses Mannes, den manche den Sohn Gottes nannten, schien in manchen Regionen die Welt auf den Kopf zu stellen. Und alle Veränderungen geschahen ohne Kampf, ohne das Schwert, ohne Krieg. Lag es daran, dass die Völker kriegsmüde waren und sich nach Versöhnung sehnten? Denn bisher waren Konflikte nicht am Verhandlungstisch, sondern auf dem Schlachtfeld gelöst worden. Damaris konnte die Ankunft des Apostels Paulus nicht erwarten, sie fieberte seinem Erscheinen entgegen.

Welch pulsierende Vielfalt in Athen! Die ländlichen Bezirke lagen dagegen in gesittetem Dauerschlaf, obgleich natürlich auch hier Geräusche unterschiedlichster Art vom munteren Treiben kündeten: Pferdewagen, Eselskarren, Reiter, Fuß- und Botengänger, Wasserverkäufer, Straßenhändler, Müllwerker – jeder war überzeugt, eine wichtige Aufgabe zu haben. Ein Tag nach seiner Ankunft und vor dem Erscheinen seiner Mitarbeiter machte sich Paulus auf, die Stadt zu besichtigen. Mit Staunen betrachtete er die Propyläen, den monumentalen und repräsentativen Torbau zum heiligen Bezirk, die Akropolis, den der Schutzgöttin Athena Polias geweihten Tempel und seine Bauten wie den Parthenon, das Erechtheum und den Tempel der Athena Nike. Der Anblick der vielen Götterstatuen machte Paulus wütend. Die Fülle der Götterbilder widersprach der philosophischen Kritik an der homerischen Götterwelt. Man müsste sie alle zerschlagen oder abbrennen, war der erste Gedanke des Missionars. Doch dann brachte ihr Anblick den Apostel auf andere Gedanken.

„Und wenn diese Fülle der Altäre Ausdruck der Sehnsucht nach dem wahren Gott ist?", überlegte er. „Die Unsicherheit lässt sie immer neue Orte der Gottsuche errichten. Denn sie wissen, dass der wahre Gott existiert. Nur wo, das wissen sie nicht."

Paulus ahnte, dass er sein Missionskonzept ändern musste. Nicht nur die Synagoge sollte Ort der Versammlung sein, sondern auch die Agora, der Marktplatz der Stadt. Dort trafen sich Philosophen unterschiedlicher Schulen und deren Schüler. Um ihnen entgegenzutreten, brauchte man Mut. Der Apostel vertraute dem Heiligen Geist, der ihm im rechten Augenblick die passende Antwort auf die Fragen der Zuhörer eingeben würde. Er überzeugte viele, doch nicht alle glaubten ihm.

Die Philosophen beschlossen, Paulus zum Areopag zu führen auf den 115 Meter nordwestlich der Akropolis gelegenen Felsen, auf dem seit der Antike der Gerichtshof tagte, der ebenfalls Areopag genannt wurde. Bevor Paulus das Wort erteilt wurde, mussten jedoch neben sakralen zunächst Verwaltungs- und Regierungsaufgaben erörtert werden. Richter fällten in einem Schauprozess ihre Urteile.

„Es steht die Überprüfung der Ausgaben für die Flotte auf der Tagesordnung. Kannst du berichten, Hippolytos, was deine Zahlen ergeben haben?"

Hippolytos holte zu einem detaillierten Bericht über den Zustand der Flottenverbände aus und musste zweimal ermahnt werden, sich kürzer zu fassen. Die Diskussion über die Preise der öffentlichen Theateraufführungen ließ sich schneller beenden. Länger zog sich die Auseinandersetzung über den Machtmissbrauch eines höheren Beamten hin. Falls sich der Verdacht bestätigte, konnte der Betroffene für zehn Jahre aus Athen verbannt werden. In diesem Falle ritzten die Stimmberechtigten seinen Namen auf eine Scherbe – das „Scherbengericht" fällte die Entscheidung. Schließlich aber erteilte das hohe Gremium Paulus das Wort.

„Was du verkündest, bedarf einer weiteren Erläuterung", forderte es. „Du ergänzt nicht, was bekannt ist, sondern du berichtest, was total neu ist. Das Neue muss sich legitimieren, um anerkannt zu werden."

„Ich nehme die Herausforderung an", bekräftigte Paulus mit fester Stimme. „Ich halte euch Athener für sehr religiös." Das Kompliment glich einem iro-

nischen Lob. Schon Sokrates hatte in dieser Stadt die Ironie als Mittel für didaktische, lehrhafte Kommunikation genutzt. Paulus wusste nämlich auch, dass hier zwischen fromm und abergläubisch nur ein schmaler Grat lag.
„Ihr verehrt hier einen Altar mit der Aufschrift ‚einem unbekannten Gott'", stellte er fest. „Unbekannt, das heißt, dass es einen Gott gibt, den ihr nicht kennt, aber kennen möchtet. Ich weiß, dass eure Götter auch in anderen Ländern bekannt sind, wenn auch unter anderen Namen. Der Gott Israels aber verhält sich seit alten Zeiten sperrig gegen solche Gleichmacherei. Er ist unverwechselbar und sagt es. Er ist der *eine* Gott. Der Gott, der die Welt erschaffen hat und alles, was in ihr lebt, ist der Herr über Himmel und Erde. Aber er wohnt nicht in Tempeln, die von Menschenhand gemacht sind. Eure Stoiker haben schon gesagt, dass man den Göttern keine Heiligtümer bauen soll. Der wahre Gott will aber Einzug halten in eure Herzen, in Herzen voller Liebe."
Es rumorte unter den Zuhörern. Widerspruch regte sich.
„Schweigt, lasst Paulus aussprechen, was er uns zu sagen hat", meldete sich Dionysios, Mitglied und Richter des Areopags. „Hier darf jeder reden, der die Erlaubnis dazu bekommen hat. Und Paulus hat die Genehmigung erwirkt."
Paulus war ein imposanter, kräftiger Mann mit einem vollen Bart und einer Donnerstimme. Viele Athener

überragte er an Haupteslänge. Auf seinem nackten Schädel bildete sich Schweiß, der in Perlen über sein Gesicht rann. Keiner der Zuhörer wusste, dass der Mann, der hier sprach, einst ein entschiedener Gegner des Gottes gewesen war, den er nun verkündete, und dass er die ersten Anhänger des Jesus von Nazareth bis aufs Blut verfolgt hatte.

„Der Gott, der die Welt erschaffen hat und Herr des Himmels und der Erde ist, lässt sich nicht von Menschenhand bedienen“, fuhr Paulus fort. „Er braucht ja nichts, denn er ist ja der Schöpfer allen Lebens. Er hat aus einem Menschen alle Völker hervorgehen lassen und ihnen die Erde als Wohnsitz zugewiesen. Der Mensch ist Gottes Ebenbild, deshalb können wir ihn nicht darstellen, weder als Bild im Tempel, weder in Gold, Silber und Stein noch in unserer Vorstellung. Aber er hofft, dass wir ihn finden und erkennen. Hat nicht auch euer Dichter Aratos von der Verwandtschaft der Menschen mit Gott gesprochen?“

Paulus kam ebenfalls auf Jesus als den Sohn Gottes zu sprechen, den die Juden aus „Unwissenheit“ nicht erkannt hätten, so wie viele Menschen den einen Gott aus Unwissenheit nicht hatten finden können. Jetzt aber müssten sich alle Menschen besinnen, wie sie ihr Leben fortan gestalten wollten, denn nur durch „Umkehr“ könnten sie den Tag des Gerichtes bestehen. Als Paulus auch von der Auferstehung von den Toten sprach, wandten sich einige ab. Die Philosophen nannten ihn gar einen „Körnerpicker“, weil er ihrer

Meinung nach die Krumen und Körner der Religion und Philosophie anderer Denker aufsammelte.

„Die Epikureer halten die Auferstehung für eine rein menschliche Vorstellung, die Stoiker glauben wohl an ein Weiterleben nach dem Tod, doch ein Weltgericht ist für sie überflüssig“, lauteten die Argumente. „Lasst uns darüber später reden.“ – So wurde das Treffen vertagt. Unter denen, denen Paulus’ Worte zu Herzen gingen, ohne dass sie sich näher kannten, war neben Dionysios Areopagites die schöne, aufgeschlossene Damaris, die ihm angetraut werden sollte. Die Mitglieder des Gerichts wurden aus den Archonten, den obersten Beamten des Stadtstaates Athen, gewählt. Das zeigte den Status, den Dionysios besaß und dem Damaris zur Ehe versprochen war.

In manchen schlaflosen Nächten, wenn ihn die Gewissensnöte nicht zur Ruhe kommen ließen, wälzte sich Paulus auf seiner Bettstatt hin und her und überdachte sein Wirken. Dass ihn manche als wahren Gründer des Christentums wahrnahmen, gefiel ihm nicht. Wer einmal als Verfolger desjenigen aufgetreten war, den er nun mit Eifer verkündete, verdiente diese Auszeichnung nicht. Die Bezeichnung „Missionar“ ließ er gelten, denn als solcher fühlte er sich, ein Eiferer in der Sache Jesu, die er nicht nur vor Ort und in Kleinasien, sondern auch während seiner Missi-

onsreisen nach Europa verkünden wollte. Manchmal versagte ihm die Stimme, wenn er laut und zu lange gesprochen hatte. Und gelegentlich schmerzte auch seine Hand, wenn er zu viel und zu ausdauernd an seinen Briefen geschrieben hatte. Die neu gegründeten Gemeinden wollte Paulus nicht sich selbst überlassen. Sie waren noch klein, mussten sich unter fremden Religionen, die sie anfeindeten und ihnen das Leben erschwerten, behaupten. Durch Briefe, die er meist auch während seiner Gefängnisaufenthalte schrieb, hielt er die Kontakte aufrecht, ermunterte und stärkte sie. Manchmal allerdings musste er auf Missstände aufmerksam machen, auch schon mal hart durchgreifen, wenn sich fremde Lehren in die christliche Botschaft einschlichen und ihren Kern verfälschten.
Seine Heimat hatte Paulus schon lange nicht mehr gesehen. Die Hafenstadt Tarsus am Golf von Iskenderun im östlichen Mittelmeer und in der römischen Provinz Kilikien hatte Berühmtheit durch die Handelsbeziehungen nach Phönizien und Ägypten und durch das Treffen von Kleopatra und Marcus Antonius 41 Jahre vor Christi Geburt erlangt. Tarsus' Ruf war der eines bedeutenden Handelszentrums mit einer größeren jüdischen Diasporagemeinde. Paulus' Vater hatte als Freigelassener eines römischen Bürgers das Bürgerrechtsprivileg erworben, was für einen Juden nicht alltäglich war, und davon hatte auch sein Sohn Saul, wie er damals nach dem ersten König Israels genannt wurde, profitiert.

Jahrelang war Paulus ein gesetzestreuer Jude gewesen. In seiner Jugend wurde er zu einem Thoralehrer ausgebildet. Er war Pharisäer und absolvierte sein schriftgelehrtes Studium nicht in der jüdischen Diaspora, sondern in Judäa und Jerusalem. Der bekannte Rabbiner Gamaliel I. unterrichtete ihn. Als Brotberuf erlernte er wie sein Vater das Handwerk des Zeltmachers, das ihn oft schon vor Sonnenaufgang und noch nach Sonnenuntergang beschäftigte. Der Erlös aus dieser Arbeit half ihm später, als Missionar seinen Lebensunterhalt zu verdienen, denn er nahm von den christlichen Diasporagemeinden keine finanzielle Unterstützung an. Den Korinthern berichtete Paulus, warum er die Gemeinde Jesu verfolgt habe: Er sei mit Eifer für das jüdische Gesetz eingetreten und habe keine Abweichler dulden wollen. Nach seinem Damaskus-Erlebnis wurde er vom Verfolger zum Fürsprecher Jesu und seiner Botschaft. Dessen Kreuzigung und Auferstehung rückten in den Mittelpunkt seiner Predigten in den Synagogen und den Bezügen zum Tanach, der Sammlung heiliger Schriften des Judentums.
Das Bekehrungserlebnis wirkte in Paulus lange nach, sodass er drei Jahre abgeschieden in der Einsamkeit verbrachte, um sich über sein weiteres Leben klar zu werden. Er befand sich auf dem Weg nach Damaskus, um dort Christen in Gefängnisse zu überführen. Unterwegs umstrahlte ihn plötzlich ein Licht und Paulus vernahm die Stimme: „Saul, Saul, warum verfolgst du mich?“

„Wer bist du, Herr?"
„Ich bin Jesus Christus, den du verfolgst."
Der Sturz vom Pferd war nicht das Schlimmste, das ihm widerfuhr, sondern die Blindheit. Er konnte mit einem Mal nichts mehr sehen. Inzwischen hatte Jesus seinem Jünger Hananias aufgetragen: „Steh auf, geh zur sogenannten Geraden Straße und erkundige dich im Haus des Judas nach einem Mann namens Saulus aus Tarsus. Er betet gerade und hat in einer Vision gesehen, wie ein Mann namens Hananias hereinkommt und ihm die Hände auflegt, damit er wieder sieht." Paulus wurde sehend und ließ sich taufen.
Manchmal hielt ihn nachts eine grausame Szene wach: Er erlebte die brutale Steinigung des Stephanus, des ersten christlichen Märtyrers. Das war ein Akt der Selbstjustiz und hätte nicht geschehen dürfen, erkannte er. Stephanus erschien als Wortführer jener Hellenisten, die in der Jerusalemer Urgemeinde die Heidenmission begannen. Da sie auch den Tempelkult ablehnten, gerieten sie in Konflikt mit der sadduzäischen Priesteraristokratie, die das Todesurteil fällte.
Paulus verstand sich seit seiner Bekehrung als ein von Gott berufener Apostel des Evangeliums für die Völker. Sein Anliegen war, vor allem Nichtjuden den auferstandenen Herrn zu verkünden. Der Hebräerbrief war ein lebendiges Zeichen für seine Nähe zum Judentum, dem er ja selbst entstammte. Paulus richtete ihn an die Hebräer, um die jüdischen Mitglieder

anzuspornen, den Glauben an Jesus Christus zu bewahren und nicht in ihre frühere Lebensweise zurückzufallen. Die Judenchristen sahen sich mannigfacher Bedrängnisse ausgesetzt, deshalb zogen sich viele von ihnen aus den Christengemeinden zurück und bekannten sich zur relativen Sicherheit der jüdischen Gottesverehrung in der Synagoge. Paulus wollte diesen jüdischen Christen aufzeigen, dass selbst das Gesetz des Mose auf Jesus Christus und sein Sühneopfer als wahre Quelle der Erlösung hinwies.

Die ersten Bilder, die von Paulus im Umlauf waren und vor seiner Ankunft an die jungen Gemeinden geschickt wurden, waren zwiespältig. Um seine Nähe zur christlichen Botschaft und Gelehrsamkeit zu bekunden, stellte man ihn groß und schlank, mit wallendem Haar und aufgebauschter Tunika dar. In den Augen loderte das Feuer der Begeisterung und mancher Betrachter meinte, zornige Blicke auf sich ruhen zu sehen. Dagegen stellten ihn die, die über ihn spotteten oder mit seinen Predigten nicht einverstanden waren, in kleiner Gestalt mit Glatze dar. Er habe, so argumentierten sie, den Gottessohn Jesus Christus nicht gekannt und berufe sich nun auf Worte seiner Jünger und Zeugen, die mit ihm zusammengelebt hätten. Zudem habe er krumme Beine. Diese Behauptung kränkte Paulus nicht, sondern belustigte ihn eher. Im Übrigen hätte bei den langen Gewändern, die er wie alle lehrenden Männer trug, sowieso niemand einen Blick auf seine Beine werfen können.

Die Rede bei seinem Auftritt auf dem Areopag blieb nicht ohne Wirkung. Während ein Teil der Zuhörer die Diskussion um die Auferstehung und ein Leben nach dem Tod vertagen wollte, brannten andere darauf, mehr über Jesus und seine Lehre zu erfahren. Der Apostel hatte inzwischen mit seiner Begleitung Wohnung im Haus von Jonas' Eltern genommen. Die Zeltmacher verstanden sich vortrefflich. Eines Abends wurde Paulus der Besuch eines hohen Beamten gemeldet.

„Er tut sehr geheimnisvoll", flüsterte Silas, der ihn einließ.

„Du kommst zu mir wie Nikodemus bei Nacht zu Jesus", empfing Paulus ihn lächelnd. „Scheust du dich, von anderen gesehen zu werden?"

„Verzeih, Paulus, aber wenn ich bei dir gesehen werde, weckt der Morgenwind Gerüchte über mein Anliegen. Sogleich wird der Besuch Stadtgespräch."

Der Apostel unterbrach seine Schreibarbeit und wies dem Gast einen Stuhl zu. „Scheu dich nicht, mit der Tür ins Haus zu fallen und mir dein Anliegen zu offenbaren. An Begrüßungsfloskeln wollen wir uns nicht lange aufhalten."

„Mein Name ist Dionysios Areopagites, Mitglied des Areopags, des hohen Gerichtshofs in Athen."

„Ah, ich entsinne mich. Hast du nicht für Ruhe gesorgt, als meine Worte in Gefahr gerieten, im Lärm unterzugehen?"

„Das ist das Geringste, das ich tun konnte. Mein Anliegen ist weitaus schwerer."

Paulus' einladendes Handzeichen ermunterte Dionysios zu reden.

„Ich muss gestehen, dass ich in absehbarer Zeit eine junge Athenerin heiraten werde, obgleich ich nicht weiß, ob es der richtige Schritt ist. Sie wurde von meinen und ihren Eltern für mich ausgewählt, meine Frau zu werden. Ich kenne sie noch nicht von Angesicht zu Angesicht und sie kennt mich augenscheinlich nur aus der Ferne. Ich weiß nicht, ob ich mit ihr glücklich werde und – was vielleicht noch schwerer wiegt – sie mit mir."

„Du denkst edel, Dionysios. Solche Reden hört man selten."

„Darüber zu sprechen ist höchst angebracht. Denn die Situation einer Frau in Athen und ganz Griechenland ändert sich weit mehr durch eine Heirat als die eines Mannes. Ganz gerecht kann ich das nicht finden."

Dionysios pausierte für einen Augenblick, seine Worte sollten einen Widerhall finden.

Paulus nickte, dann klatschte er in die Hände. Silos erschien, er trug ein Tablett mit einer Karaffe Kykeon, einem Mischtrank aus Getreide und Wasser, und zwei Bechern herein. Die Männer tranken sich zu.

„Du hast nicht vor, die rechtliche Institution der Ehe grundsätzlich zu ändern, Dionysios? Wenn du dich mit diesem Vorschlag an die Öffentlichkeit wendest, wirst du ein Erdbeben auslösen."

„Nein, Paulus, dazu hätte ich auch nicht genug Macht. Ich kann meine politische Kraft nur zu kleinen Änderungen einsetzen."
„Nur zu kleinen? Ich habe einen anderen Eindruck gewonnen. Aber sei's drum. Das ist schon viel. Doch wie möchtest du es mit der Frau halten, die man dir zum Eheweib erkoren hat?"
Dionysios holte tief Atem, dann presste er die Worte heraus: „Es wäre mir lieb, wenn du mit ihr sprechen würdest. Wenn ich es tue, wozu ich ungern bereit bin, wäre meine Identität der Öffentlichkeit preisgegeben und die ihre ebenfalls. Athen ist manchmal ein Dorf. Wenn wir uns begegnen würden, wäre es ein schmerzlicher Moment für uns beide."
„Es könnte auch der glücklichste Moment in euer beider Leben sein, Dionysios. Mir scheint, du würdest nicht heiraten, wenn man dir die freie Wahl ließe?"
„So ist es. Ich habe Pläne, auf die ich durch dich und deine Rede über Jesus von Nazareth gekommen bin", presste der Gast hervor.
„Durch mich?" Paulus reckte sich, der Stuhl schwankte. Dabei stieß er seinen Becher um und der Rest der Flüssigkeit ergoss sich über den Tisch. „Mir scheint, jetzt erst lässt du die Katze aus dem Sack und kommst auf den wahren Grund deiner Anwesenheit zu sprechen."
Dionysios zögerte, dann nahm ein sich ein Herz und bekannte: „Ich bin ein Athener und hier geboren worden. Hier habe ich eine klassische grie-

chische Bildung erhalten. Zur Fortsetzung meines Studiums reiste ich nach Ägypten, um in Heliopolis Astronomie zu studieren. Mit meinem Freund Appolophonos wurde ich Augenzeuge, wie sich die Sonne im Augenblick des Todes Jesu verfinsterte. ‚Entweder leidet der Schöpfer der ganzen Welt gerade oder diese sichtbare Welt geht nun zu Ende', sagte ich zu meinem Freund. Dieses Ereignis hat mich für die Zukunft geprägt. Inzwischen bin ich Mitglied des Obersten Gerichtes in Athen. Ich bin dadurch in der Lage, mich aus meinen Geschäften zurückzuziehen und sie meinem Bruder zu übertragen. Ich brenne darauf, mehr über diese unbekannte Himmelserscheinung und zugleich über den von dir verkündeten Sohn Gottes zu erfahren. Denn dass es hier einen bisher unerklärlichen Zusammenhang gibt, scheint außer Frage zu stehen. Dem möchte ich auf den Grund gehen. Zudem verkündest du eine erlösende Botschaft. Deshalb zieht es mich zu deinen Vorträgen und Diskussionen, Paulus, und ich werde dich auch weiter gern hören."

Die Nacht hatte den Abend mit seinen Düften und Geräuschen verabschiedet. Silos war auf dem Stuhl neben der Haustür eingeschlafen. Timotheus ordnete die Wäsche, die er am Tag im Hof getrocknet hatte. Paulus entließ einen nachdenklichen Dionysios Areopagites, und Dionysios ließ einen hoffnungsvollen Paulus zurück. Er ahnte, dass sich beide nicht zum letzten Mal begegnet waren, sondern dass dies erst der Beginn einer vertrauensvollen Zusammenarbeit war.

Damaris lebte in einer anderen Welt. Die behüteten Jahre, so schien es ihr, waren unwiederbringlich vorbei. Nun standen ihr stürmische Zeiten bevor. Der obligatorische Lebensweg, den ihre Freundinnen und ihre Generation in der Regel beschritten, war unterbrochen. Die Ehe rückte in weite Ferne, ihr Herz sagte ihr, dass sie wohl nicht glücklich werden würde, obgleich die Voraussetzungen dazu bestens waren. Dieser Paulus, dessen Anwesenheit sie sehnlichst erwartete, hatte eine große Unruhe in ihr ausgelöst und seine Botschaft rüttelte an den Grundfesten ihres bisherigen Glaubens. Immer wieder fragte sie Jonas in der Markthalle, wann sie den Gast zu Gesicht bekäme. „Gedulde dich. Zwischen Vater und ihm gibt es viel zu besprechen, nicht nur was seine neue Lehre betrifft, sondern auch den Beruf. Vater hat einige bemerkenswerte Aufträge bekommen und erwartet seine Mithilfe."

„Was für Aufträge?"

„Er soll eine Arena mit Segeltuch überdachen und ein Handelsschiff mit neuen Segeln bestücken. Das ist etwas anderes als nur Löcher flicken und Risse zusammennähen."

Damaris wunderte sich, dass Jonas für sie nebensächliche Dinge erwähnte und nicht auf das eigentliche Anliegen des Apostels, nämlich einen neuen Glauben zu verkünden, zu sprechen kam. Doch dann wurde ihr bewusst, dass solche Großaufträge das Leben der Zeltmacherfamilie auf Jahre sichern und sie vor Hungerzeiten bewahren würde.

Dionysios Areopagites hatte Sisyphus-Arbeit zu leisten, bis er seine Eltern Georgios und Corinna davon überzeugt hatte, dass er keine Ehe einzugehen gedenke.

„Wie stehe ich denn jetzt da?", erregte sich der Vater und die Mutter wischte sich unbemerkt ein paar Tränen aus den Augen. „Du bist zwar erwachsen und hast einen ehrenwerten Beruf, aber du schuldest uns als Eltern dennoch Respekt, wie es die Genrationen vor dir taten. Du stellst die Tradition auf den Kopf und blamierst unser Haus. Wie werden Damaris' Eltern Zenon und Klio die Nachricht auffassen? Wir waren uns einig!"

„Handelseinig, ja. Zwei angesehene Familien bestimmen über das Schicksal ihrer Kinder."

„So war es immer und so soll es bleiben. Oder hast du diese Ehe als nachteilig empfunden?", wandte sich Georgios an seine Frau. Corinna sagte nichts. Erst als ihr Mann die Frage wiederholte, erwiderte sie: „Wir haben gute Kinder."

„Das habe ich bis jetzt auch geglaubt. Doch nun erweist sich Dionysios als Quertreiber. Das Amt auf dem Areopag ist ihm zu Kopf gestiegen."
„Das Amt lehrt mich, die Meinungen anderer Menschen zu achten und ihre Wünsche zu beherzigen. Wir müssen uns davon entfernen, dass nur angesehene und reiche Familien bestimmen, was geschieht. Wir leben in einem Land, das einmal stolz auf die Geburtsstunde der Demokratie war. Auch wenn wir heute nicht mehr viel davon spüren."
Georgios wollte aufbrausen, doch Corinna legte ihm besänftigend die Hand auf den Arm. „Reiz deinen Vater nicht weiter, Dionysios. Es ist genug", sagte sie an ihren Sohn gewandt.
„Ich werde noch heute Zenon und Klio aufsuchen und über das Missgeschick berichten, das uns widerfahren ist", fauchte Georgios. „Ich hoffe, dass Damaris' Eltern genug Einsicht haben und die Verträge stornieren lassen."
Violetta, die jüngste Tochter, kam mit Daphne, einer Sklavin, vom Markt und brachten Neuigkeiten mit. Ihre Anwesenheit beruhigte die aufgeheizte Stimmung, sodass sich Dionysios diskret zurückziehen konnte.

Damaris erlebte eine besondere Aufmerksamkeit der Eltern. Vor allem ihre Mutter Klio bedachte sie mit Rücksichtnahme und guten Worten. „Geht es

dir auch gut, mein Kind? Hast du einen Wunsch, den du erfüllt wissen möchtest?“
Zunächst konnte sich die Tochter keinen Reim darauf machen. „Ich fühle mich nicht krank“, erwiderte sie. „Mach dir keine Sorgen.“
„Ich dachte ja nur. Wenn dir etwas einfällt, was du gern hättest, gib mir ruhig Bescheid.“
In den nächsten Tagen musste sie nicht den Markt aufsuchen. Ihre Einkäufe erledigte Lascarina mit einer anderen Sklavin. Vater Zenon nahm Damaris sogar zu einem Geschäftsfreund nach Phalerum an einer Bucht des Saronischen Golfs mit, ein Vorzug, der sonst nur dem jüngeren Bruder Nikos zuteilwurde. Schließlich aber konnten die Eltern die jüngste Entwicklung nicht länger vor Damaris verbergen. Sie wählten eine Taverne am Zentralmarkt Oinomageireio Epirus, um über die Auflösung des Ehevertrages zu sprechen. Damaris hörte wortlos und ohne Widerstand zu. Die Speiseauswahl überließ sie ihrem Vater, zu der die Mutter ihre Zustimmung gab. Es gab dicke Bohnen, pürierte gelbe Platterbsen und geschmortes Kalbsfleisch.
Damaris war von Natur eine schlechte Esserin. Und auch jetzt überkam sie beim Anblick der verlockenden Speisen kein Appetit. Irgendwie hatte die Werbung des Dionysios Areopagites sie doch neugierig gemacht. Es gehört ja zu den seltsamen Verhaltensweisen des Menschen, dass er den Dingen nachtrauert, die ihm zuvor gleichgültig gewesen, dann aber unerreichbar geworden sind.

Antigone wusste bald über die Entwicklung in Damaris' Leben Bescheid. Sie gehörte zu den engsten Vertrauten der jungen Frau, mit der sie alle Dinge erörtern konnte. Jetzt gab es viel zu besprechen. Nachdem ein Gerücht die Runde machte, dass sich Dionysios Areopagites mit dem Gedanken trug, sich beruflich neu zu orientieren, und der Sohn des Georgios und der Corinna sogar erwog, sein Amt am Obersten Gerichtshof niederzulegen, schwankte die Meinung über ihn zwischen Mitleid und Bewunderung. Hoffentlich konnte man ihn von einer unklugen und voreiligen Entscheidung abbringen.
Die Bürger von Athen waren stolz auf ihre Demokratie, auch wenn es natürlich der Wahrheit entsprach, dass ein beträchtlicher Teil der Einwohner nicht zu den Bürgern zählte und diese Rechte nicht hatten. Nichtsdestotrotz, die Bürger konnten selbst politische Ämter übernehmen – wo sonst war das möglich? Sie übernahmen ihre Ämter für eine kurze Zeit, meist ein Jahr. Entweder wurden sie für ein Amt gewählt oder es wurde ihnen über das Los zugeteilt. Sie konnten kleine Ordnungsstrafen verhängen und Klagen entgegennehmen, die sie dann an ein Dikasterion, einen Gerichtshof, zur Entscheidung weitergaben.
„Eins muss man ihm lassen", bestätigte Antigone, „er hat Schneid. Und doch möchte ich nicht in seiner Haut stecken. Sein Forschungsdrang in Ehren, mag ihm die Astronomie dabei zugute kommen, aber anhand von Phänomenen am Himmel einen unbekann-

ten Gott zu erkennen, ist bewundernswert und zugleich schrecklich."

„Es gehören viel Überzeugungskraft und Sicherheit dazu, Antigone. Wer von der Richtigkeit seines Handelns überzeugt ist, dem wird es nicht schwerfallen, auch Hürden zu überwinden."

„Die er bei dir wohl gescheut hat, sonst wäre die Brautwerbung anders verlaufen."

Diesmal hatten die Freundinnen sich schon am frühen Nachmittag in einer Caupona, einer kleinen Garküche, an einer Straßenkreuzung getroffen, die im weißen Licht der attischen Sonne lag, während die lichthungrigen Gassen noch im kalten Schatten der Nacht verharrten.

„Wie meinst du das?"

Du kannst es drehen, wie du willst", sagte Antigone. „Dionysios ist älter als du, aber dennoch nicht frei von den Entscheidungen seiner Eltern. Das ist eine Hürde. Wer weiß, wie das Zusammensein in dreißig Jahren ausgesehen hätte."

„Solchen Spekulationen will ich mich nicht hingeben. Es ist müßig zu denken, was wäre wenn."

Der Wirt kam und fragte nach weiteren Wünschen.

„Ich glaube, ich habe genug gegessen und getrunken." Damaris lehnte dankend ab.

„Ich würde gern noch einen Gewürzwein nehmen, aber mein Herr und Meister hat zwei Tage nichts von mir gehört und könnte ungeduldig werden", lachte Antigone. Sie übernahm die Rechnung.

„Bist du glücklich mit ihm?“, fragte Damaris beim Aufbruch.
„Was heißt glücklich? Ernestos wäre sicher nicht der Mann, den ich mir für alle Ewigkeit aussuchen würde. Aber er ist witzig, humorvoll, geduldig, gelehrt, und er lässt mir Freiheiten, die anderen Frauen in Athen nicht gewährt werden.“
Damaris hakte sich bei Antigone ein.
„Hast du dir jemals vorstellen können, als Hetäre ein Leben zu fristen?“
Antigone lachte. „Ich friste mein Leben nicht, sondern ich genieße es. Schau, ich muss nicht in der Küche stehen, um dem Herrn Feigen, gesalzenen Fisch, Käse und Oliven zu kredenzen, das besorgen die Sklavinnen. Wir haben auch einen Mietkoch, der sich aber nicht zu allen Hausarbeiten herablässt. Ich liege neben meinem Herrn auf dem Liegebett, ich stecke ihm ein paar Weintrauben oder andere Früchte in den Mund, und er lässt mich an seiner Mahlzeit teilnehmen. Überkommt ihn später ein sexuelles Verlangen, so präsentiere ich ihm meine Künste.“
Damaris schluckte, aber sie zog den Arm nicht aus dem ihrer Freundin zurück.
„So könnte ich nicht leben.“
„Nein, das musst du auch nicht. Du kommst aus einem seriösen Elternhaus, da ist alles stabil und kein Sturm wirft euch aus der Bahn.“
„Bis auf den gescheiterten Ehevertrag.“
„Das ist deinen Eltern peinlich, mehr aber noch de-

nen von Dionysios Areopagites. Nein, mach dir keine Sorgen. Du meisterst dein Leben auf andere Weise."
Damaris hatte sich bei ihrer Freundin nie erkundigt, wie sie eine Hetäre geworden war. Sie konnte sich nicht vorstellen, dass es ihre ganz freie Entscheidung gewesen war, sondern dass ein schicksalhaftes Ereignis Ursache gewesen sein musste. Zu fragen getraute sie sich nicht, zumal Antigone mit ihrem Leben offensichtlich zufrieden war. Sie war belesen, verstand zu diskutieren und angenehm zu unterhalten, besaß kulturelle Kenntnisse in den Bereichen Literatur, Kunst und Musik. Ernestos hatte mir ihr ein Glückslos gezogen. Besucher rühmten zudem ihre Schönheit, die unaufdringliche Schminke, den sanften Schimmer ihres Haars. Kurz, sie war eine Augenweide.
Einmal hatte Antigone die Hetäre Neaira erwähnt, die vor langer Zeit zur Schlüsselfigur mehrerer aufsehenerregender Prozesse geworden war und die schon von Kindesbeinen an von Nikarete, einer Bordellwirtin in Korinth, auf den Liebesdienst vorbereitet und geschult worden war. Der Schriftsteller Appollodores widmete sich ihrem Leben, verfasste über sie jedoch fast nur negative Artikel. Im Bordell Nikaretes arbeiteten sechs namentlich bekannte Mädchen, nämlich Metaneira, Anteia, Stratola, Aristokleia, Phila und Isthmias, die zu ihrer Zeit so berühmt waren, dass Dramen nach einigen von ihnen benannt wurden. Der Redner Lysias, ein prominenter Bordellgast bei Nikaretes, finanzierte Metaneira eine Reise nach

Eleusis, wo sie mit dem Mysterienkult bekannt wurde. Nikarete und Neaira begleiteten sie. Dies war nur ein Beispiel aus dem Leben der Edelprostituierten und dem Geflecht ihrer wechselnden Beziehungen.

An einem der nächsten Tage klopfte es mittags an die Tür. Um diese Zeit genossen die begüterten Herrschaften Athens gewöhnlich ihren Mittagsschlaf. In der heißen Phase des Tages, wenn die Sonne ihre ganze Kraft entfaltete, arbeiteten nur die Diener und Sklaven und wenn möglich in den Innenhöfen und im Schatten der weißen Gebäude. Die Sklavin Lascarina öffnete und zugleich hielt sie den Finger auf den Mund.
„Nicht sprechen!" Draußen stand ein Mann. Sein Gewand war befleckt, sein Gesicht erschöpft, seine Augen müde. Seine Gestalt deutete auf eine einst edle Herkunft hin.
Lascarina zog ihn von der Tür weg in den Schatten einer Zypresse.
„Was willst du? Um diese Tageszeit ..."
„Ich weiß, da will man niemanden gern stören. Aber ich habe seit gestern keinen Bissen mehr gehabt. Ein Stück Fladenbrot würde mir über den Tag helfen."
„Warte hier, ich will sehen, was sich machen lässt."
Der Mann setzte sich auf einen Mauervorsprung und lehnte den Kopf gegen das Gemäuer.

„Warum so eilig, Lascarina?“ Damaris kam aus ihrem Raum und sah, wie die Sklavin zur Küche eilte und dabei jedes Geräusch vermied.
„Es ist in Mann vor dem Haus, ein Bettler. Es geht ihm schlecht. Er bittet um ein Stück Fladenbrot.“
Damaris öffnete die Haustür einen Spalt. Mit dem Licht flutete auch ein Schwall Hitze in den Flur. Dann erstarrte sie. Sie erkannte den betagten Rhapsoden, den sie zuletzt vor einigen Wochen mit seiner Theatergruppe gesehen hatte.
„Demetrios, du bist es?“
Die Gestalt rappelte sich auf. „Ja, Herrin. Meine Theatertruppe hat sich aufgelöst. Die Jugend spielt moderne Stücke, alte Schauspieler wie mich werden nicht mehr gebraucht.“
„Erinnerst du dich? Wir haben nach der letzten Vorstellung im Theater ein paar Worte miteinander gewechselt.“
„Ach, du bist das gewesen. Ja, ich entsinne mich. Es war das letzte Kompliment, das ich bekommen habe.“
Lascarina kam und brachte ein rundes Fladenbrot und zwei Äpfel.
„Gib ihm mehr“, rief Damaris. „vor allem auch zu trinken. Er ist ein berühmter Mann.“
Demetrios verschlang gierig die ihm vorgesetzten Speisen.
„Entschuldigt, aber ich bin hungrig wie ein Wolf. Einen so guten Tintenfisch habe ich seit Monaten nicht mehr gesehen.“

„Was machen wir mit ihm?", erkundigte sich Lascarina, nachdem Demetrios sich satt gegessen hatte.
„Wir können ihn nicht wegschicken. Er bricht auf der Straße zusammen in seinem Zustand. Wir werden ihn für ein paar Tag aufnehmen, bis der wieder bei Kräften ist", entschied Damaris.
„Darfst du das denn entscheiden?", fragte Lascarina vorsichtig.
„Nein, aber ich werde an meinen Vater appellieren, großzügig zu sein."
Damaris wusste, dass ihr Vater ihr nach dem Debakel um den geplatzten Ehevertrag diese Bitte nicht abschlagen würde, und in der Tat fand er sich bereit, für Demetrios einen Raum herzurichten, in dem er arbeiten und schlafen konnte. Aber was sollte er noch tun? Sich vergewissern, dass er alte Rollen aus der „Ilias" noch auswendig konnte? Bestenfalls konnte er sein Gehirn trainieren und vor dem geistigen Ruin bewahren. Demetrios' Dankbarkeit zeigte sich in kleinen Darbietungen, die er für die Hausgemeinschaft in Szene setzte. Darüber zerstoben allmählich die dunklen Gedanken der Eltern wegen der verpfuschten Eheschließung ihrer Tochter.

Seit Paulus bei Mários eingekehrt war, gab es viele Fachgespräche. Der Apostel, der ja inzwischen im Gegensatz zu Mários weit gereist war, demonstrierte dem Hausherrn die neuen Methoden der Zeltherstellung, wobei er die Details geduldig erläuterte. Mários hörte aufmerksam zu. Manchmal gewann er jedoch den Eindruck, dass sein Gast eher mit seinen Gedanken in der nahen Zukunft weilte, dort nämlich, wohin ihn seine Missionsreise als Nächstes führen würde.

„Die neueste Methode des Zeltemachens wirst du noch nicht kennen, wie sie in meiner Heimat Tarsus geläufig ist. Wir stellen die neuen Zelte aus Cilicium her. Das ist eine widerstandsfähige Stoffart, die aus dem langen Haar der Ziegen dieser Provinz gewebt wird. Du weißt ja: Wir Juden erlernen alle ein Handwerk, dem wir uns zuwenden können, wenn es vonnöten ist."

Paulus rieb den Stoff zwischen Daumen und Zeigefinger und nickte anerkennend. „Gut und haltbar", sagte er. „Daran beißen sich auch die heftigsten Wüstenstürme die Zähne aus."

„So weit wollen wir es nicht kommen lassen", bemerkte Mários. „Es kommt in erster Linie darauf an, dass die Zelte gute Bodenhaftung haben und nicht losgerissen werden."

Jonas schlich nach Feierabend immer um die Gäste herum. Tagsüber hielt ihn die Arbeit im „Bauch von Athen" davon ab, den Gesprächen zu folgen. Abends aber, nach der Mahlzeit, fand er sich in der Werkstatt ein, wo Vater Mários und der Apostel nicht nur über Politik sprachen, sondern auch religiöse Themen erörterten. Seine Eltern und er konnten nicht genug über den Gottessohn Jesus Christus hören, der ein friedliebender Mensch gewesen sein musste und durch sein Leben und Handeln die Botschaft von Frieden und Versöhnung verkündet hatte. Die griechischen Götter waren den Menschen gleich, sie zankten, haderten, gaben sich ihren Leidenschaften hin und gönnten sich gegenseitig wenig Gutes. Bei diesem Jesus aber war alles anders. Da gab es keine Zwietracht, keinen Neid. Und wenn eine Übervorteilung oder eine andere Ungerechtigkeit geschah, reichte man sich bald die Hand zur Versöhnung.

Dass Silos und Timotheus ebenfalls im Haus des Mários Aufnahme gefunden hatten und das bescheidene Leben der Familie teilten, rechnete Paulus den Gastgebern hoch an. Sie schrieben auf, was der Apostel ihnen tagsüber diktierte, denn er war wie Mários mit dem Zeltmachen beschäftigt und gönnte sich keine Ruhe.

Jonas jedoch sehnte den Tag herbei, an dem Damaris wieder zur Markthalle kommen würde, um mit Lascarina für den elterlichen Haushalt einzukaufen. Die verhinderte Eheschließung war offiziell kein Thema mehr. Als Jonas sein Bedauern darüber zum Ausdruck bringen wollte, schnitt ihm Damaris das Wort ab.

„Keine Silbe mehr, verstanden? Was geschehen ist, ist endgültig vorbei."

Die Heftigkeit, mit der diese Worte fielen, ließ ihn ahnen, dass Damaris mit diesem Thema doch nicht ganz abgeschlossen hatte. Zugleich aber wusste Jonas auch, dass er sich keine Hoffnung auf die junge Frau machen konnte.

Vom Zeltmachen konnte Mários einigermaßen leben, erst recht, nachdem er zwei Großaufträge erhalten hatte, doch nicht ohne Mithilfe seiner Söhne Jonas und Tychon, die nach ihrer geregelten Tagesarbeit in der Werkstatt aushalfen. Mutter Klio bewirtschaftete allein die Küche und den kleinen Gemüsegarten auf der Terrasse. Sie hatte sich einige Kenntnisse über Heilpflanzen angeeignet und stand jetzt mit einer Apotheke in Kontakt, die ihr die Samen und Früchte abkaufte. Kamille, Wegwarte, wilde Artischocken, Salbei, gefranste Raute, Johanniskraut, Lorbeer und Borretsch gediehen in den Beeten vortrefflich.

Die Nächte, in denen Paulus seine Gedanken dem Papyrus anvertraute, gingen in den Morgen über, so lange saß er über den Schriftstücken an die Gemeinden des Vorderen Orients. Seine Begleiter wunderten sich, dass er mit zwei, drei Stunden Schlaf auskam und später keine Müdigkeit zeigte. Der Apostel wusste, dass die Stunde vor Sonnenaufgang die kälteste der Nacht war und dass sie ihm den Beginn des neuen Tages ankündigte. Er sah die Sonne über dem Horizont aufsteigen, als zartes Gelb zunächst, das in sanfte Streifen zerfloss und schließlich in feuriges Rot überging, bis sie sich in voller Größe erhob. Den alten Griechen stand Helios als Gott der Sonne vor Augen. Steuerte er in der Mythologie nicht den Sonnenwagen, der von vier Hengsten über den Himmel gezogen wurde? Und war Helios damit nicht ebenso verantwortlich für den Lauf der Sonne über den Tag hinweg? Die Start- und Endpunkte ihrer täglichen Reise waren Selene, die Mondgöttin, und Eos, die Göttin der Morgenröte. Der mit einem Strahlenkranz gekrönte Koloss von Rhodos, eine über dreißig Meter hohe Bronzestatue und eines der antiken Weltwunder, entstand zu Ehren des Helios. Er war ein Kind von Hyperion und Theia. Später wurde Apollon zum Gott des Lichtes. Anders als Helios war er jedoch keine Verkörperung der Sonne selbst, sondern Gott der Heilung, des Frühlings, der Kunst und der Weissagung. Ihm war zum Beispiel das bekannte Orakel in Delphi geweiht.

Flutete das Licht bei Tagesanbruch in den Raum, den Paulus im Hause des Mários bewohnte, so löschte er die Kerze und kniete sich auf den Boden. Das Gesicht nach Jerusalem gewandt breitete er die Arme aus und betete: „Vater im Himmel, du Ursprung des Lichtes und der Schöpfung, wende dich deinem armen Diener zu. Dein Sohn Jesus, Abglanz deiner Größe und deines Willens, hat dich uns Menschen verkündet und ein Beispiel der Hoffnung und Liebe gegeben. Seinen Worten bin ich nach Zeiten der Verwirrung und Feindseligkeiten gefolgt, und ich werde nicht aufhören, von dir zu reden, wie du es deinen Sohn gelehrt hast. Deine Liebe, durch Jesus geoffenbart, wärme mein und aller Menschen Herz, damit sie geschwisterlich zusammenleben und kein Unheil fürchten ..."

Paulus hörte, wie Jonas seinen Schlafraum verließ und nach wenigen Augenblicken die Haustür zuschlug. Er geht wieder ohne Fladenbrot und Oliven aus dem Haus, dachte er. Weil ich einmal erzählt habe, dass viele Sklaven und Dienerinnen morgens kein Frühstück bekommen, will er ebenfalls darauf verzichten. Gott segne ihn, denn er hat begriffen, was Jesus mit Nächstenliebe und Solidarität gemeint hat.

Paulus ging nicht davon aus, dass seine Predigten überall mit Wohlgefallen aufgenommen wurden. Wie auf dem Areopag hatte er überall mit Zweifel und Ablehnung zu rechnen. Es bedurfte höchster Überzeugungskraft, um sich zu behaupten und durchzusetzen. Frauen spielten eine wesentliche Rolle in den Gemeinden, die neu entstanden. In den Berichten, die er schrieb und an die Gemeinden weitergab, erwähnte er wiederholt Junia. Sie war ihm persönlich bekannt, er nannte sie sogar eine Apostelin, und er hatte sie als eifrige Verfechterin des jungen Christentums kennengelernt. Sie war schon vor ihm mit der Botschaft Jesu in Berührung gekommen und jetzt eine seiner eifrigsten Anhängerinnen. Sie hatte als Jüdin bei einer der Pilgerreisen nach Jerusalem von der neuen Religion gehört und sich begeistern lassen.

Damaris fieberte dem Tag entgegen, an dem sie endlich mit Paulus zusammentreffen würde. Jonas hatte ihr die Einladung angekündigt, aber noch keinen genauen Tag genannt. „Er will erst einen Brief an die Römer beenden und sich dann Zeit für seine Besucherinnen und Besucher nehmen." So saß die junge Frau wie auf heißen Kohlen, bis endlich die ersehnte Stunde nahte. Sie überlegte mit Lascarina, welches Geschenk sie dem Apostel machen könnte. Ob er Blumen mochte? Mandelgebäck? Frisches Obst?

„Das schönste Geschenk, das du ihm machen kannst, ist wahrscheinlich, wenn du seine Botschaft annimmst", sagte Lascarina. „Du liebäugelst doch schon eine Weile mit dieser neuen Religion."

„Ja, du hast recht. Zuvor aber muss er mir noch einige Fragen beantworten. Man wechselt den Glauben nicht wie ein Hemd."

Das Haus des Mários lag in einem Viertel, wo verschiedene Handwerker ihr Auskommen gefunden hatten. Reichtum war ein Fremdwort für alle geblieben. Doch durch steten Fleiß hatten sie es zu einem bescheidenen Wohlstand gebracht. Paulus saß auf seinem Arbeitsstuhl, eine Zeltplane und eine dicke Stopfnadel vor sich. Er wollte nicht den Eindruck erwecken, als säße ein Lehrmeister auf dem Katheder und hielte eine Vorlesung. Mit Jonas und Tychons Hilfe hatte Mários Stühle, Kisten und Bretter in einen Vortragsraum verwandelt, der ein Stück des Innenhofes einschloss.

„So hören mir auch Graupappel und Flaumeiche zu“, lächelte Paulus, der sich über so viel Interesse an seiner Botschaft freute.
Paulus berichtete zunächst, wie er den christlichen Glauben kennengelernt und lieb gewonnen hatte.
„Es war nicht ganz einfach, mich damit abzufinden, dass ich Jesus nicht persönlich gekannt habe. Ja, das wäre mir fast zum Verhängnis geworden. Denn die Jünger, allen voran Petrus, warfen mir vor: ‚Was willst du eigentlich? Du sprichst von Jesus, als ob er neben dir auf dem Schemel gesessen hätte. Dabei wiederkäust du nur, was du von uns weißt.‘ Dass ich eine Vision und ein Bekehrungserlebnis gehabt habe, wurde nicht zur Kenntnis genommen. Wäre ich einer seiner Apostel gewesen, ich könnte euch hier und heute viel genauer berichten, was für ein Gott und Mensch er war, wie er aussah und redete. Doch als ich mich dann näher mit seinen Worten und Reden beschäftigte, erkannte ich, dass diese Aussagen viel tiefer in die Herzen der Menschen dringen mussten als das, was beispielsweise in der Tora stand.
Wir Juden sind gesetzestreu. Strenge Gesetze sollen uns einen sicheren Weg in den Himmel garantieren, gleichsam wie ein schützender Zaun am Lebensweg entlang. Jesu Lehren sind frei von Druck, von Repressalien, sie sollen die Menschen froh machen, auf dass es ihnen ein Leichtes ist, mit dem himmlischen Herrscher und seiner Schöpfung im Einklang zu leben. Doch um das zu erreichen, muss der Mensch

sich wandeln. Er muss Gezänk und Streit mit anderen Menschen vermeiden, muss sie als Brüder und Schwestern betrachten und bestrebt sein, friedlich mit ihnen zusammenzuleben. Im Gegensatz zu den Sadduzäern, die an ein Leben nach dem Tod nicht glauben, redete Jesus von einem Gott, der für uns himmlische Wohnungen bereit hielt, in denen wir für immer in seiner Nähe leben dürfen. Solche Verheißungen gaben Mut, gaben Zuversicht. Für Jesus waren alle Menschen gleich. Sie mögen unterschiedlich begabt sein, Berufe ihrer Wahl anstreben, aber es gibt für ihn keine Sklaven, keine Untertanen, so wie es keine Herrscher über andere Menschen gibt."

Ein noch kaum vernehmbares Murren verriet, dass nicht alle Zuhörer mit den letzten Worten zufrieden waren. Der Widerspruch kam aus der Bankreihe der Aristokraten, die ihre Vorrangstellung gefährdet sahen.

„Schwache Menschen müssen geführt werden, sie gehen sonst in die Irre", rief ein Kritiker.

„Geführt – oder ausgenutzt?", fragte Paulus höflich zurück. „Schwache Menschen werden schnell übervorteilt. Jesus hat jedoch die sieben Werke der Barmherzigkeit gelehrt. Der Apostel Matthäus hat seine Worte, ein Gleichnis, aufgeschrieben: ‚Kommt her, ihr Gesegneten meines Vaters, ererbt das Reich, das euch bereitet ist von Anbeginn der Welt! Denn ich bin hungrig gewesen und ihr habt mir zu essen gegeben. Ich bin durstig gewesen und ihr habt mir zu trinken gegeben. Ich bin ein Fremder gewesen und ihr habt mich aufgenommen. Ich bin nackt gewesen und ihr habt mich bekleidet. Ich bin krank gewesen und ihr habt mich besucht. Ich bin im Gefängnis gewesen und ihr seid zu mir gekommen.‘ Und dann identifiziert sich Jesus mit allen Menschen, wenn er sagte: ‚Was ihr dem Geringsten meiner Brüder getan habt, das habt ihr mir getan.‘“

In die Stille, die nun eintrat, platzte ein Vogelschwarm, der mit raschem Flügelschlag über den Garten hinwegschwirrte. Damaris saß auf ihrem Platz in der dritten Reihe. Sie hatte bisher nur gelauscht, die Worte aufgesogen wie ein trockener Schwamm, als wären sie ein neues Lebenselixier, und gespürt, dass sich hier ein neuer Lebensabschnitt für sie auftat.

Noch wagte sie nicht, den Gedanken, die sie plötzlich überfielen, eine Stimme zu geben. Aber sie beschloss, sie aufzuheben, bis sie noch einmal eine Einladung in das Haus des Zeltmachers Mários bekäme. Im Stillen hoffte sie, dass Paulus noch eine Weile in Athen bleiben würde. Vielleicht kam ja noch einmal eine Einladung vom Areopag, denn die abgebrochene Diskussion um ein Leben nach dem Tode bedurfte ja noch einer Antwort.

Zu Hause überfiel Damaris in den nächsten Tagen Unruhe. Lascarina spürte es als Erstes.

„Dieser Paulus hat dir arg zugesetzt, ja? Du wirkst so verändert.“

„Nein, er hat mir gutgetan. Er hat eine ganz ande-

re Art von Welt- und Menschensicht. Alle Menschen sind gleich vor Gott. Sie erfahren seine Liebe uneingeschränkt und gleichermaßen. Es gibt keine Unterschiede nach Herkunft und Stand."
Damaris sah, wie sich die Augen Lascarinas mit Tränen füllten.
„Verzeih, dieser Gott des Paulus liebt dich ebenso wie mich. Für ihn gibt es keine Sklaven, keine Unterdrückten, keine Unfreien. Und für mich bist du ein freier Mensch, Lascarina, und eine gute Freundin."
Die junge Frau schluckte, die Worte ihrer Herrin überwältigten sie, und sie konnte gar nicht begreifen, was Damaris gesagt hatte. Zugleich spürte sie, wie ihr Herz jubelte und sie mitriss in einen Taumel des Glücks.
Klio spürte die Veränderungen im Leben ihrer Tochter nicht weniger. Ein paar Tage sagte sie nichts. Sie beobachtete und hoffte. Dann zog sie ihren Mann ins Vertrauen.
„Ist dir an deiner Tochter nichts aufgefallen?"
„Was soll mir aufgefallen sein? Ich habe Ärger mit einem Kunden, dem Metöken Adelphos, der mir zehn Tetradrachmen schuldet. Seiner Namensbedeutung ‚Bruder' wird er durch sein Verhalten ganz und gar nicht gerecht."
Zenon sah seine Frau nicht an. Er wühlte zwischen Papyrusrollen herum, um die unbezahlte Rechnung zu finden.
„Vielleicht ist jemand krank in der Familie und er

braucht einen Arzt und Arzneien? Oder er hat andere Schwierigkeiten."

Zenon winkte ab. Dann fragte er: „Was ist denn mit Damaris? Ich denke, sie hat die Absage von Dionysios Areopagites noch nicht verwunden und wirkt deshalb störrisch."

„Sie ist nicht störrisch. Im Gegenteil. Es ist eine Veränderung in ihr vorgegangen. Ein Erlebnis, das sie glücklich, aber zugleich unruhig macht."

Zenon setzte sich, die unbezahlte Rechnung in der Hand.

„Soll ich mit ihr reden?"

„Ich denke, ich werde eine ruhige Stunde abwarten und mit ihr sprechen", erwiderte Klio. Zenon nickte.

Damaris musste sich noch drei Wochen gedulden, bis die nächste Zusammenkunft mit Paulus zustande kam. Der Missionar hatte inzwischen noch einmal die Gelegenheit erhalten, auf dem Areopag zu sprechen, doch mit dem Ergebnis seines Auftritts waren weder die Philosophen noch er selbst zufrieden gewesen. Das Leben nach dem Tod, von dem Jesus gesprochen hatte, war schwer vermittelbar gewesen, denn diesmal hatten sich die Priester und Priesterinnen, die sich großen Ansehens erfreuten und mit manchen Privilegien ausgestattet waren, heftig ins Zeug gelegt.

Griechenland schätzte den Priesterstand nicht so hoch ein wie die Römer. Die Vertreterinnen des göttlichen Kultes sollten zwar keusche Jungfrauen, doch nicht ohne praktische Lebenserfahrung sein. Bei jedem Opfer und der Verteilung des Ehrenanteils erhielten sie die gleiche Menge der geopferten Speisen wie die Priester, was zeigt, dass sie den Männern in dieser Hinsicht gleichgestellt waren. Sie besaßen dieselben Rechte und Pflichten, wurden für ein Jahr gewählt oder gelost und mussten, wenn sie ihr Amt niederlegten, Rechenschaft darüber ablegen. Sie duften sich wie ihre männlichen Kollegen über Ehrenplätze im Theater freuen und erhielten gegenüber Frauen ohne Priesterinnenamt gewisse Vorrechte. Im politischen und öffentlichen Leben besaßen sie jedoch keine Stimme.
Für die Priesterin galt ein Reinheitsgebot. An einem Heroenmahl – einem Totenmahl – durfte sie nicht teilnehmen, ein Grabmal aufzusuchen, war für sie tabu, ebenfalls ein Haus, in dem eine Frau eine Fehlgeburt erlitten hatte. Sie sollte auch nicht sogleich in ein Haus gehen, in dem ein Mensch gestorben war, sondern erst drei Tage nach seiner Beisetzung. Dieser Vorschriften-Katalog wurde als teils angenehm, teils hinderlich empfunden, denn von einer einheitlichen Wertschätzung des Priesteramtes konnte keine Rede sein.
Jonas stürzte wenige Tage darauf vor dem Markt auf Damaris zu: „Morgen, morgen ist wieder eine Ver-

sammlung. Vater und Paulus haben heute die fertiggestellten Zelte bei ihrem Auftraggeber abgeliefert, und bevor sie neue Aufträge in Angriff nehmen, wollen sie sich mit den Anhängern treffen."

Es war nicht üblich, dass Frauen abends ohne Erlaubnis ihres Mannes oder eines männlichen Begleiters aus der Familie ausgingen. Nikos wäre dazu infrage gekommen, doch den lehnte Damaris ab. Der Bruder genoss in der Familie so viele Privilegien, dass es Damaris schmerzte. Nein, wenn ihr Vater die Erlaubnis gab, würde sie lieber mit Lascarina zum Hause des Zeltmachers Mários gehen. In diesen Tagen fiel es den Eltern schwer, ihrer Tochter einen solchen Wunsch abzuschlagen, denn noch immer stand ihnen die nicht zustande gekommene Hochzeit vor Augen, die womöglich doch tiefere Spuren hinterlassen hatte als zunächst angenommen.

Diesmal war der notdürftig eingerichtete Versammlungsraum noch stärker besetzt. Da keine zusätzlichen Sitzmöglichkeiten geschaffen werden konnten, saßen Menschen auf Mauervorsprüngen und standen im Garten. Das Mauerwerk speicherte die Wärme der Sonne, deshalb war der Aufenthalt außerhalb des Hauses recht angenehm. Paulus freute sich über das wachsende Interesse an seiner Botschaft. Er ahnte freilich nicht, dass sich auch einige Krawallmacher unter das Publikum gemischt hatten, die im Auftrag einiger Priester Unruhe stiften sollten. Jedoch je länger sie am friedlichen Verlauf der Veranstaltung teil-

nahmen, um so mehr legte sich ihre Wut. Am Ende traten sie gar nicht in Erscheinung, sondern verließen stumm den Ort.
Lascarnia gehörte zu den aufmerksamsten Zuhörerinnen. Dass dieser Mann vor ihr von einem Gott erzählte, der alle Menschen gleich schätzte und für den es keine Sklavinnen gab, war Balsam für ihre Seele. Damaris bemerkte es, als sie ihre Begleiterin schluchzen hörte, und von den anderen ungesehen griff sie nach ihrer Hand. Immer wieder erzählte Paulus aus dem Leben Jesu. „Ich hätte ihn so gern persönlich kennengelernt, denn eigene Beobachtungen sind immer klarer als die Lebensbeschreibungen durch andere. Vielleicht hätte ich manches an ihm entdeckt, worauf die Jünger nicht geachtet haben. Aber ich weiß auch jetzt, dass Jesus der vollkommene Mensch war, und er war göttlichen Ursprungs."
Seit Paulus über die Werke der Barmherzigkeit gesprochen hatte, war Demetrios in Damaris' Leben immer gegenwärtiger geworden. Sie sahen sich zwar jeden Tag, denn er nahm ja bescheiden an den Mahlzeiten teil und suchte auch sonst das Gespräch mit der Familie, doch ihr Blick auf ihn hatte sich gewandelt. Wie viele Menschen gab es wie Demetrios, die sich in seiner oder einer ähnlichen Lage befanden? Die allein und unversorgt das Ende ihres Lebens erwarteten? Noch war Demetrios nicht krank, nicht völlig hilflos und abhängig von anderen Menschen, doch seine Seele litt, weil er nicht mehr gebraucht

wurde und er niemanden mehr mit seinen Theateraufführungen erfreuen konnte. Manchmal dachte er an die Worte des Aristoteles, der sich mit der Situation alter Menschen kritisch befasst hatte: „Die Älteren, die die Blüte ihres Lebens mehr oder weniger schon hinter sich haben, weisen Charakterzüge auf, die vielfach denen junger Menschen entgegengesetzt sind. Weil sie nämlich schon viele Jahre gelebt haben, öfter enttäuscht worden sind, öfter Fehltritte begangen haben und die Mehrzahl der menschlichen Unternehmen schlecht ausgeht, legen sie sich auf nichts endgültig fest, sondern sind in allem weniger vehement, als es geboten wäre. Ferner sind sie bösartig, denn es ist bösartig, alles von seiner schlechten Seite her aufzufassen. Sie sind ziemlich argwöhnisch aus Misstrauen, misstrauisch aber aus Erfahrung."

War es ein barmherziger Zug des Himmels, dass die meisten Menschen nicht älter als 60, bestenfalls 70 Jahre wurden?

Damaris kannte die Botschaft von den sieben Werken der Barmherzigkeit, die Jesus gelehrt hatte, auswendig. Paulus hatte sie wie ein Testament verkündet. Jetzt meldete sie sich zu Wort:

„Ich ahne, dass die Sorge um Menschen mit den Leiden, die du, werter Apostel, genannt hast, ein wichtiges Anliegen deines Herrn gewesen ist."

Paulus reckte sich, um Damaris besser sehen zu können. „So ist es. Wenn er von Gott sprach, redete er fast in einem Atemzug auch von den Menschen. Die

waren ihm Bruder und Schwester, sie waren ihm wichtig."
„Ich glaube, dass ich weiß, wie ich deinem Herrn und Gott dienen kann und zugleich auch meine neue Lebensaufgabe finde."
„So? Erkläre dich näher."
„Wir haben in unserem Haus einen älteren Herrn zu Gast, fast schon ein Greis. Ich möchte ein Heim gründen, in dem er und alle in seinem Alter, die allein sind, einen gesunden Lebensabend verbringen. Sie sollen sich nicht unnütz und überflüssig vorkommen, sondern da helfen, wo sie können."
Paulus räumte den Zeltstoff und die Hilfsmittel, die neben ihm lagen, beiseite und trat auf Damaris zu.
„Kann es sein, dass ich dich schon einmal gesehen habe? Unter den Zuhörern auf dem Areopag? Ich habe einen Blick für Gesichter, die aufgeschlossen sind."
„Ja, Paulus. Und was ich dort von dir gehört habe, entspricht meinen geheimen Wünschen."
Lascarina stieß Damaris an. „Wissen die Eltern von deinen Plänen? Wer soll das Haus denn bauen und bezahlen?"
„Das lass nur meine Sorge sein. Ich habe längst eine Idee."
Lascarina ahnte nicht, wie Damaris mit sich kämpfte und Angst vor der eigenen Courage hatte. Redete sie sich da etwas ein? Wie wahrscheinlich war es, dass sie ihren Plan würde verwirklichen können? Im Grunde

war sie sonst ein ängstlicher Mensch, der den Zorn der Götter fürchtete, wenn sie sich für etwas schuldig fühlte. Aber jetzt, in Paulus' Nähe, erstarkte sie.
„Wenn du dieses Heim gründen kannst, hast du für die Menschen ein Stück Himmel verwirklicht." Die Hand des Apostels lag fest auf Damaris' Schulter. Sie spürte eine Wärme, die ihren ganzen Körper durchdrang. Von diesem Mann ging eine unbändige Kraft aus, die ansteckend wirkte.
„Sei in den nächsten Tagen wieder zur Stelle und erkläre mir deinen Plan genauer." Damaris nickte. Sie wusste mit einem Mal, dass es niemanden geben würde, der ihr Vorhaben verhindern würde.

Kam die Endzeit, und wenn ja, wann war mit ihr zu rechnen? Paulus lehrte, Gott würde den retten, der sich ihm im Glauben zuwandte und auf die Heilstat Jesu Christi vertraute. Gott konnte den gekreuzigten Sohn nicht dem Tod überlassen, sondern hatte ihm den Status der Gottgleichheit wiedergegeben. War Christus für alle Menschen gestorben, um sie zum Heil zu führen? Wer das für sich bejahen konnte, gehörte zu den Erlösten. Nicht die Einhaltung von Gesetzen allein genügte dazu, sondern auch der Glaube an die Rettungstat Christi. In früheren Zeiten, so beklagte der Apostel, konnte nur in den Genuss dieser Errettung kommen, wer das jüdische

Gesetz vollständig beachtete. Doch jetzt, nach seiner Berufung zum Heiden-Missionar, setzte Paulus neue Akzente: Nicht die Befolgung der Gesetze allein war lebensnotwendig, sondern der Glaube. Man musste also nicht mehr Jude sein, um das Heil zu erlangen. Dazu brauchte man sich auch nicht mehr beschneiden zu lassen, wie er es noch von Timotheus verlangt hatte. Nichtjuden und Heiden hatten denselben Status, dieselben Privilegien. Paulus war davon überzeugt, dass Christus „für uns gestorben" war. Aber Gott hatte diese freiwillige Tat nicht veranlasst, denn er forderte nichts, was nicht notwendig war.

Eine Reihe Menschen hielten die Predigten davon ab, sich weiter mit dem Gast aus Tarsus abzugeben. Manches hatte man schon anders gehört. Ein Daimon, in der griechischen Mythologie und Philosophie ein Geistwesen, erinnerte an den Schutzengel, der nach Auffassung der Christen jedem Menschen von Gott auf seinem Lebensweg zur Seite gestellt wird und ihn das ganze Leben begleitet. Im „Phaidon" des Platon führt der Daimon jeden Menschen bis an die Schwelle des Todes und an die Stelle des Gerichts. Menander, ein griechischer Komödiendichter und Meister der sogenannten „Neuen Komödie" in Athen, meinte: „Neben jeden Menschen stellt sich gleich, wenn er geboren wird, ein Daimon, ein guter Mystagoge, ein unterweisender Priester, des Lebens. Denn man darf nicht glauben, dass es einen bösen Daimon gibt, der das Leben schädigt, oder dass Gott böse ist, son-

dern es ist alles Gute; diejenigen aber, die nach ihrem Charakter schlecht sind, sprechen dem Daimon die Schuld zu und nennen ihn schlecht, obgleich sie es selbst sind."
Paulus hingegen fühlte sich vom Dämon „geschlagen". Was er damit meinte, verstanden viele nicht. War es etwas Körperliches oder Psychisches? Vielleicht waren es Schuldgefühle, weil er zunächst der schlimmste Christenverfolger war. „Ihr habt ja von meinem einstmaligen Verhalten im Judentum gehört, dass ich nämlich die Gemeinde Gottes wütend verfolgt habe und sie zu vernichten suchte", schrieb er im Galaterbrief.

Als Damaris und Lascarina an diesem späten Abend nach Hause kamen, sahen sie, dass im Zimmer des Demetrios noch die Kerze brannte.
„Vielleicht liest er noch. Die alten Stücke, die er über Jahrzehnte zum Besten gegeben hat, halten ihn am Leben", meinte Damaris.
Als sie an seiner Tür vorbeischleichen wollten, stand er plötzlich vor ihnen.
„Entschuldige, ich habe auf dich gewartet", wandte Demetrios sich an Damaris. „Ich möchte etwas mit dir besprechen."
Lascarina empfahl sich, während Damaris auf dem angebotenen Stuhl Platz nahm.

„Ich lebe nun bereits eine Weile in diesem Haus und genieße das Gastrecht“, begann Demetrios. „Ich möchte es nicht länger beanspruchen. Denn von Tag zu Tag wird meine Schuld deiner Familie gegenüber größer. Du hast mir den Weg hierher geebnet. Deshalb möchte ich zuerst mit dir sprechen und dir sagen, dass ich mich in den nächsten Tagen verabschieden werde.“

Damaris schluckte. „Und wo willst du hin?“

„Das wissen die Götter. Ich weiß nur, dass meine Zeit hier beendet ist.“

Damaris bat Demetrios, seine Entscheidung nochmals zu überdenken. Vielleicht gäbe es ja bald einen Ort, wo er sein weiteres Leben in Ruhe verbringen könne. Von ihren Bauplänen verriet sie noch nichts. Erst mussten Planung und Finanzierung in trockenen Tüchern sein.

Demetrios ließ sich von seinem Entschluss nicht abbringen. „Ihr begegnet mir alle mit großem Wohlwollen. Aber ich fühle mich unwohl, wenn ich noch länger bleibe.“

Zenon und Klio, die Damaris am nächsten Tag ins Bild setzte, widersetzten sich den Plänen ihres Gastes nicht, obgleich ihre Tochter wohl mehr Einsatz für seinen Verbleib erwartet hätte.

Damaris wusste, dass sie alle Erwartungen auf Dionysios setzen musste. Die gescheiterte Ehe verpflichtete ihn zu Zugeständnissen, denen er nicht ausweichen konnte. Eines Tages nahm sie sich ein Herz und schickte Lascania mit einer Einladung zu einem Gespräch zu ihm. Noch bevor sie auf das eigentliche Anliegen ihres Briefes zu sprechen kam, bediente sie sich der gebräuchlichen stereotypen Übergangswendungen, sie drückte den Wunsch nach Wohlergehen und den Dank an die Götter aus sowie die Versicherung ihres treuen Gedenkens. Der Inhalt des Briefes war kurz abgefasst, sie deutete nur an, worum es ihr ging. Der Empfänger sollte keine Gelegenheit bekommen, sich aus der Verantwortung zu ziehen.

Zu ihrer Überraschung war Dionysios Areopagites einige Tage später ohne Einwände zu einem Treffen bereit. Um Aufsehen zu vermeiden und um seine Eltern nicht zu brüskieren, sah er von einer Zusammenkunft in der Kerameikosstraße ab und schlug als Gesprächsort eine vornehme Taberna an der Platia Mitropoleos vor, wo gegrillte Fleischspieße und andere regionale Fleischspezialitäten kredenzt wurden. Er bat jedoch einen Zeugen mitzubringen, damit die Unterhaltung von einer neutralen Person verfolgt und bestätigt werden konnte. Er beauftragte seinen Diener Ajax mit dieser Aufgabe, während Damaris sich auf ihre Lascarina verlassen konnte.

„Ich habe ein Vogelherz“, bekannte Damaris seufzend, „so schnell schlägt es.“

„Vor Angst oder vor Erwartung?“

Damaris gab keine Antwort.

Dionysios Areopagites erhob sich von seinem Klismos und trat auf Damaris zu. „Lernen wir uns auf diese Weise persönlich kennen, wo doch eine andere Art der Begegnung für uns vorgesehen war." Er hob die Hand zum Gruß und lud Damaris ein, ihm gegenüber auf einem Sessel Platz zu nehmen. Ajax und Lascarina blieben hinter ihnen stehen. Nachdem er eine Schale mit Weintrauben, Äpfeln, Birnen und Quitten sowie Feigen, Walnüssen und Mandeln hatte reichen lassen, entschuldigte er sich zunächst und erklärte mit vielen Worten, was ihn bewogen habe, keine Ehe einzugehen. Je länger er sprach, umso mehr erhellte sich Damaris' Gesicht, bis es von einem frohen Lächeln überstrahlt wurde.

„Habe ich etwas Falsches gesagt?", fragte der Gastgeber irritiert. „Was amüsiert dich so?"

„Dass du von etwas redest, das ich auch hätte sagen können."

„So?"

„Ja. Es ist doch dieser Paulus, der gleichsam zwischen uns getreten ist, die Hochzeit vereitelt hat, aber uns dennoch zusammenführt."

„So siehst du das?"

„Ja, dieser Mann hat den Grund meines Herzens berührt. Seither kann ich nur an seine Predigten denken."

„Mir ergeht es nicht anders. Er hat die Kraft, mein ganzes Leben umzuwandeln. Der Gott, den er vertritt, hat mehr Macht als unsere gesamte Götterwelt."

„Ja, das glaube ich auch. Aber was hast du vor, Dionysios? Was hast du geplant?"
„Ich werde meine Geschäfte im ‚Bauch von Athen' aufgeben und sie den Händen eines meiner jüngeren Brüder anvertrauen. Ich habe vor, demnächst noch einmal nach Heliopolis zu reisen, um meine astronomischen Studien zu ergänzen. Es muss einen Zusammenhang geben zwischen einer unvorhergesehenen Sonnenfinsternis und dem Tod dieses Jesus von Nazareth."
„Das ist ein großer und gewagter Schritt. Findet er die Billigung deiner Eltern?"
Dionysios reagierte nicht gleich. Er schien nach den richtigen Worten zu suchen. Dann sagte er nach einer gefühlten Ewigkeit: „Im Gegensatz zu dir, liebe Damaris, bin ich nicht mehr so jung an Jahren und kann in diesem Fall entscheiden, wie mir beliebt. Natürlich spüre ich den Zweifel meiner Eltern an meinem Plan. Meinen Posten auf dem Areopag werde ich vorerst nicht aufgeben. Er gestattet mir manche Privilegien und könnte mir vielleicht noch eine Zeit lang helfen, Wünsche des Apostels zu erfüllen. Aber ich weiß nicht, was Paulus plant. Ihn treibt die Mission an, hörte ich, und er will weiterziehen."
Damaris spürte, wie ihr Herz sich verkrampfte. „Aber welche Bedeutung wird Paulus denn zukünftig in deinem Leben haben?"
Dionysios überlegte gewissenhaft, ehe er sprach: „Ich möchte etwas in seinem Namen tun. Mal sehen, was daraus wird."

„So begegnen sich unsere Wünsche“, lächelte Damaris.
„So? Was hast du denn im Sinn?“, fragte Dionysios.
Nun rückte Damaris mit ihren Plänen heraus. Sie sprach über ein Haus für alte, alleinstehende Menschen, denen sie einen sorgenfreien Lebensabend bescheren wolle. Zugleich aber schnitt sie auch das Thema Finanzierung an.
„Geld habe ich nicht. Mein Vater unterhält zwar eine schuldenfreie Werkstatt, die auch genug für uns abwirft. Doch große Sprünge machen können wir nicht. Wir sind keine Einheimischen, sondern Neubürger in Athen und der Erwerb von Grund und Boden ist uns verwehrt. Zudem müssen wir eine Kopfsteuer zahlen. Du siehst, im Gegensatz zu dir haben wir es schwer, unsere Pläne zu verwirklichen.“
Dionysios Areopagites dachte einen Augenblick nach. Damaris spürte, wie die Gedanken in seinem Kopf kreisten. Dann erhob er sich. „Wir wollen über deine Sorgen nicht das Essen vergessen.“
Aus einer Nische des Gartens strömte ihnen der Duft des Festmahls entgegen. Der Kellner servierte Hammel- und Entenfleisch mit gedünsteten Lauchzwiebeln. Der Gastgeber kredenzte den passenden Wein und gekühltes Wasser. Er erhob das Glas: „In unserer Mythologie ist Hébé die Göttin der ewigen Jugend und des Frühlings. Sie war die Tochter des Gottes Zeus und der Göttin Hera. Möge sie, aber viel mehr noch der Gott, von dem Paulus spricht, uns durch

diese Speisen und Getränke die Kraft verleihen, unseren Zielen näher zu kommen."
Auch Ajak und Lascarina genossen das Mahl, das mit dem Nachtisch, einem mit Sirup gesüßten Puddingkuchen, abgeschlossen wurde. Allen war klar, dass so üppige Speisen zukünftig nicht mehr auf ihren Tisch gehörten. Denn wer sich von der Botschaft Jesu überzeugen lassen wollte, musste sein Leben radikal ändern.

Der Morgen befreite sich aus den Fesseln der Nacht und schickte die ersten rötlichen Nebelschleier über die Stadt. Damaris war schon lange wach. Sie hatte die erste Hälfte der Nacht im Gebet verbracht, dann ein paar Stunden mit Unterbrechungen geschlafen. Dann packte sie die Erwartung und ließ sie nicht mehr zur Ruhe kommen. Heute war der Tag, an dem sie und zwei weitere Frauen die Taufe empfangen sollten, so war es mit Paulus verabredet.
„Ich kenne euren Glauben", hatte er gesagt, „ich spüre, wie nahe ihr Christus seid. Ihr seid nun bereit, die Taufe zu empfangen und euch so ganz dem Sohn Gottes anzuvertrauen."
Doch war sie dessen überhaupt würdig? Diese Frage ließ sie nicht los. Nicht dass der Abschied von der griechischen Götterwelt sie geschmerzt hätte; die griechischen Götter kamen ihr so leblos vor wie Sta-

tuen aus Marmor. Eher beunruhigte sie der Schritt, den sie zunächst mit so großer Zuversicht zu gehen bereit war. Doch jetzt hielt sie zögernd inne. Hatte sie die richtige Entscheidung getroffen? Natürlich hatte die Auseinandersetzung mit den Eltern eine gewisse Zeit gekostet, bis sie müde gewesen waren, gegen die Argumente ihrer Tochter anzureden. Damaris war sich so sicher gewesen, dass die von Paulus verkündete Botschaft des Jesus von Nazareth die Wahrheit war. Doch wie bei vielen wichtigen und endgültigen Entscheidungen blieb am Ende ein leiser, kaum eingestandener Zweifel an der Richtigkeit ihres Handelns.

Damaris warf sich aufs Bett, sie hörte ihr Herz hämmern, ihre Hände verknoteten sich. Ihre Lippen formten leise das altgriechische „Vater unser“, das der Apostel überall dort lehrte, wohin ihn seine Missionsreise führte. Bei jedem Wort, das Damaris mit Inbrunst betete, kehrte wieder Ruhe in sie ein. Und gleichzeitig festigte sich der Entschluss, den sie nach reiflicher Überlegung schon vor Wochen gefasst hatte: Die Taufe war der Eintritt in eine neue Glaubenswelt, in der sie zu leben und zu handeln gedachte.

Nun drängte die Zeit. Es war ausgemacht, sich am kleinen Fluss Ilisos an einer vorbestimmten Stelle jenseits der Stadt zu treffen. Dort sollte, bevor das quirlige Leben Athens erwachte, die Taufe vollzogen werden. Damaris hatte ihre Eltern nicht informiert, ihnen nicht gesagt, an welchem Tag und zu welcher

Stunde sie den Übergang von der griechischen Götterwelt in die Glaubenswelt des Apostels Paulus vollziehen wollte. Es blieb aber nicht aus, dass der Mutter die Anspannung ihrer Tochter am frühen Morgen nicht entging. Obgleich Damaris sich mühte, keine Geräusche zu verursachen und sich möglichst lautlos zu verhalten, öffnete sie beunruhigt die Tür.

„So früh? Wohin?“

Da erblickte sie das weiße Leinengewand, das Damaris über dem Arm trug. Mit einem Ausdruck bedrückten Erstaunens nahm Klio sogleich wahr, wohin ihre Tochter sich zu gehen anschickte. Doch sie sagte nichts. Sie zog sich geräuschlos ins Schlafzimmer zurück, wobei sie ein paar Tränen verbarg. Für einen Augenblick glaubte Damaris, die Beine wollten ihr nicht gehorchen, doch dann, nach einer Sekunde des Zögerns, eilte sie, die leichten Schuhe in der Hand, die Treppe hinab ins Freie.

Die frische Luft tat gut. Von fern hörte sie den Schrei eines Esels. Vielleicht litt er unter den Stockhieben seines Besitzers, weil er den Karren nicht schnell genug zog. Einige Zustellboten ächzten an ihr vorbei, Kisten und Säcke auf dem Rücken. Mit einem Male fühlte Damaris sich ihnen im Herzen verbunden. Waren sie es nicht, die die erlösende Botschaft Jesu zuerst verstehen würden, wenn sie sie erfuhren? Ja, Sklaven und Unfreie würden nach jedem Wort lechzen, das Paulus in seinem Namen verkündete. Ihr seid Menschen, wertvolle Menschen und Mitbürger. Es gibt keinen Unterschied zwischen Patriziern und euch. Ihr habt dieselbe Würde wie sie. Ihr seid von Gott, dem Vater Jesu, geliebt. Er kennt eure Namen, ja, er ist euch so nahe, dass er sogar die Anzahl der Haare auf euren Häuptern kennt. Fürchtet euch nicht! Ihr seid wertvoll!

Solche Gedanken beflügelten Damaris' Schritt. Ob die anderen beiden Frauen pünktlich waren? Sie kannten sich natürlich aus den Treffen mit Paulus, sie wohnten nicht in Damaris' Stadtteil. Die letzten Häuser Athens lagen bald hinter ihr. Diese Vorstadtsiedlung war im Grunde ein Schandfleck für die reiche Kunst- und Kulturstadt. Hier vegetierten die Armen, die Sklaven, die Unfreien. Ein Wunder, dass die Sonne hier überhaupt scheint, dachte Damaris. Aber sie wusste ja auch, dass der Vater im Himmel seine Sonne aufgehen ließ über Böse und Gute und den Regen ausschüttete über Gerechte und Ungerechte.

Der Fluss Ilisos, der in der Ebene von Athen träge dahinfloss, führte meist wenig Wasser. Paulus kannte vom Zeltmacher Mários eine Stelle, die tief genug war, um Täuflinge dreimal unterzutauchen und die Taufformel zu sprechen. Als Damaris den angegebenen Treffpunkt erreichte, war der Apostel schon da. Es saß am Ufer und blickte ihr lächelnd entgegen.

„Bist du bereit?", fragte er nach der kurzen Begrüßung.

Damaris hob den Arm mit dem Leinengewand. Die beiden anderen Frauen waren noch nicht da.

„Sie werden mit Silas und Timotheus kommen“, erklärte Paulus. Und auf den überraschten Gesichtsausdruck der jungen Frau erklärte er: „Die beiden werden Zeugen der Taufe sein und können bestätigen, dass ihr die Botschaft Jesu angenommen habt und mit ihm verbunden seid.“
Die Sonne stieg am Horizont herauf, ihr markantes Rot ging in ein zerfließendes Gelb über und zugleich spürte man allmählich ihre angenehme Wärme. Nein, das Wasser würde nicht kalt sein, wenn sie hineintauchte oder besser hinabgetaucht wurde, dachte Damaris. Sie stellte sich vor, der Ilisos verwandle sich in den Jordan und sie befände sich an dem Ort, an dem Johannes Jesus getauft hatte. Dabei hatte es Johannes zunächst abgelehnt, Jesus zu taufen, und meinte, eher müsse er von Jesus getauft werden. Fühlte sich Johannes nicht würdig, oder ahnte er die zukünftige Bedeutung des vor ihm im Wasser stehenden Täuflings? Dann war das Wunder geschehen: Der Himmel öffnete sich, der Heilige Geist schwebte in Form einer Taube herab und eine Stimme sprach: „Dies ist mein geliebter Sohn, an dem ich mein Wohlgefallen habe.“
„Wir sind bereit!“
Die Stimme des Apostels schreckte Damaris auf. Sie sah Paulus’ lächelndes Gesicht. Neben ihm standen die beiden Frauen, geschmückt mit dem Taufkleid, und in einiger Entfernung Silas und Timotheus.
„Du kommst in Gedanken von weit her, oder?“ Damaris nickte bloß.

„Das dachte ich mir. Aber wahrscheinlich hast du bestätigt gefunden, was ich dir beziehungsweise euch dreien zu Beginn der Taufe sagen wollte. Mit diesem Zeichen des dreimaligen Untertauchens seid ihr für immer an Christus gebunden. Er reicht euch die Hand zur ewigen Freundschaft. Auf diese Freundschaft ist Verlass, in guten wie in weniger guten Tagen, ja, selbst über den Tod hinaus. Denn Christus hat wie ihr gelebt und ist gestorben. Ihr also werdet in seinem Geiste leben und sterben. Doch wie er vom Tode auferstanden ist, so wird er auch euch einst zum ewigen Leben erwecken, damit ihr die Freuden des Paradieses, des Himmels erleben dürft."

Paulus deutete auf das Wasser. „Steigt nun ins Wasser, und empfangt neues Leben durch den Geist Gottes."

Damaris streifte das Taufkleid über. Dann ging sie zum Fluss. Kore und Melania, die beiden jungen Frauen, folgten ihr. Das Wasser umgab ihre Füße, die Waden, die Schenkel und schließlich die Hüfte. Paulus legte ihr eine Hand auf die Schulter und tauchte sie unter. Das kühle Wasser umschloss ihren Körper, und zugleich empfand sie seine befreiende Frische. Nach dem dritten Mal sprach Paulus: „Seid gesegnet im Namen des Vaters, des Sohnes und des Heiligen Geistes. Alle dunklen Flecken seien von eurer Seele genommen, jede Verfehlung getilgt, damit ihr lebt in der Gnade des Herrn, der euch erlöst hat."

Als sie ans Ufer zurückkehrte, empfingen Silas und Timotheus sie mit von der Sonne erwärmten Tüchern. Sie setzten sich und hüllten sich schweigend in das Leinen. Es kam Damaris vor, als befinde sie sich in einer Verpuppung, in einem völlig bewegungslosen Übergangsstadium, einer Larve ähnlich, aus der sich ein neuer Mensch entfalten würde.

„Ja, ihr seid jetzt neue Menschen", betonte der Apostel, als Damaris ihm von ihren Empfindungen berichtete. „Ich freue mich, dass du es so ausgedrückt hast, wie ich es nicht besser hätte erklären können."

Nun löste sich die Spannung. Kore und Melania erzählten, wo und wie sie auf Paulus gestoßen waren. Ihre Bekanntschaft mit ihm lag schon länger zurück. Silas hatte sie in Glyfada, acht Meilen südlich von Athen, mit dem Apostel bekannt gemacht, als sie von seiner Botschaft gehört hatten. Und im Laufe der Zeit hielten sie die Religion, die der Missionar verkündete, für weitaus lebendiger als die der griechischen Götterwelt. Der Wirkungsort ihrer Zukunft lag allerdings nicht in Athen, sondern in Koroni, etwa 130 Meilen südwestlich von Athen. Hier entstand unter der Leitung von Timotheus eine neue Gemeinde, die sich auch um alte, kranke und hilfsbedürftige Menschen kümmern würde. Das klingt ganz ähnlich wie das Haus, das ich gern aufbauen würde, überlegte Damaris. Vielleicht gelingt es mit Gottes Beistand. Ich muss nur genügend Geldgeber und Mitarbeiter finden, die sich für diese Sache begeistern können.

Als Damaris an diesem frühen Nachmittag nach Hause kam, empfing sie eisiges Schweigen. Mutter Klio stand mit verweinten Augen in der Küche, Vater Zenon brütete mit runzliger Stirn über einem komplizierten Auftrag.

„Hast uns was Schönes eingebrockt“, feixte Nikos. „Hast wahr gemacht, womit die Eltern im Grund nicht gerechnet haben, trotz deiner Begeisterung für diesen Paulus. Welche Faszination übt er nur auf dich aus? Ist er ein Vogelfänger, der die Tür seines Käfigs aufsperrt und Opfer wie dich einsammelt?“

„Das verstehst du nicht“, antwortete die Schwester. Ihr strenger und abweisender Ton warnte Nikos, den Bogen nicht zu überspannen und lieber zu schweigen. Dafür trafen sie die Anteil nehmenden Blicke von Lascarina.

Zu den Zusammenkünften im Hause des Mários drängten inzwischen so viele Besucher, dass manche jetzt vor der Pforte stehen bleiben mussten. Die Türen waren geöffnet, sodass sich ein Blick bis zum Garten auftat. Im Flur und in den Räumen saßen und standen die Menschen dicht zusammengedrängt.

„So leid es mir tut, so kann es nicht weitergehen“, seufzte der Hausherr. „Paulus, du brauchst dringend ein größeres Gebäude für die Versammlungen. Ich kann meinen Beruf nicht mehr ausüben, weil selbst

die Zeltmacher-Werkstatt voller Zuhörer ist. Ich habe dringende Aufträge, denen ich nicht nachgehen kann."
Paulus legte dem Freund die Hand auf die Schulter. „Hab keine Angst, Mários. Ich bin schon viel zu lange hier und muss dringend weiter."
Die Ankündigung, dass Paulus Athen verlassen wolle, löste Traurigkeit, aber auch Unmut aus. „Du kannst eine junge Christengemeinde nicht sich selbst überlassen", hieß es. „Sie braucht noch Leitung, Ermutigung und einen Plan, wie sie weiter existieren soll."
Der Hinweis, dass der Heilige Geist als Kraftspender bei ihnen bleiben werde, genügte nicht.
„Habt ihr so wenig Vertrauen?", wunderte sich Paulus. „Andere neu gegründete Gemeinden müssen genau so leben. Ich verspreche euch, dass ich bald zurückkommen und euch stärken werde. Jedem Einzelnen von euch aber rate ich: Kämpfe den guten Kampf, der zu einem Leben im Glauben gehört, und gewinne den Siegespreis, das ewige Leben, zu dem Gott dich berufen hat."
Damaris gehörte nach wie vor zu den treuen Hörerinnen der paulinischen Botschaften. Als sie den Apostel so reden hörte, erinnerte sie sich, dass er schon ein paarmal von diesem Siegpreis gesprochen hatte, der am Ende eines langen Laufs warte und für den viel Kraft nötig war. Es klang nach einer großen Anstrengung, und da fiel ihr Pheidippides ein, der durch den Lauf von Marathon nach Athen Ruhm im ganzen Land erworben hatte.

„Erinnert euch an eine Heldentat in unserer griechischen Geschichte“, forderte sie die Menschen auf und erzählte, wie die Stadt Athen damals unter bösen Vorzeichen geächzt hatte. Man hörte die Sorgen geradezu an die Pforten der Häuser klopfen, so groß war die Gefahr. Die Perser waren mit ihrer Flotte in Marathon gelandet. Die Gefahr, dass sie in das eine Tagesreise entfernte Athen weitersegeln würden, lag auf der Hand. Was konnte ein kleiner griechischer Stadtstaat gegen die überlegene persische Streitmacht ausrichten? Damaris rief den Zuhörern in Erinnerung, was Herodot, Vater der Geschichtsschreibung, überliefert hatte: „Sie sandten den Tagesläufer Pheidippides nach Sparta, um dort Hilfe zu holen. Pheidippides war an lange Strecken gewöhnt. Im gebirgigen Griechenland war die Zahl der Straßen begrenzt. Auch mit Pferden kam man im unwegsamen Gelände nur mühsam vorwärts.“
Pheidippides hatte die Strecke nach Sparta in kürzester Zeit bewältigt. Bereits am nächsten Tag war er in Sparta angekommen. Dabei hatte er sich so angestrengt, dass er „Gesichte“ gesehen, also unter Wahnvorstellungen gelitten hatte. Der Geschichtsschreiber Herodot berichtete, der ziegenfüßige Gott Pan habe sich ihm in den Weg gestellt. Damaris erzählte weiter: „Als Pheidippides in Sparta angekommen war, rief er den Spartanern zu: ‚Die Athener bitten euch, ihnen zu helfen und es nicht zuzulassen, dass die älteste Stadt unter den Hellenen in die Knechtschaft

der Perser fällt. Schon ist Eretria gefallen und Hellas um eine namhafte Stadt schwächer geworden.'"
Damaris machte eine Pause, um die Wirkung ihrer Rede zu prüfen. Die meisten Menschen hingen gespannt an ihren Lippen.
„Die Spartaner gelobten zu helfen", fuhr die junge Frau fort. „Nur konnten sie nicht sofort aufbrechen, denn es standen religiöse Feierlichkeiten an, die nicht übergangen werden durften. Die Spartaner empfahlen, Pheidippides möge schon mal vorlaufen, um die Kunde zu überbringen. Die Griechen hatten in der Zwischenzeit wider aller Erwartungen die persische Übermacht besiegt. Ein Teil der Flotte jedoch befand sich auf der Fahrt nach Athen, um die Stadt von der Seeseite anzugreifen. Um die Athener vom Sieg gegen die Perser und von der bevorstehenden Hilfe der Spartaner zu berichten, wurde Pheidippides wieder als Bote auf die Reise geschickt. Er gönnte sich keine Rast, schonte sich nicht, und als er Athen erreicht und den Sieg über die Perser verkündet hatte, brach er tot zusammen."
„Sollen wir also auch sterben, wenn wir mit ganzer Kraft dem Ziel entgegenlaufen, um den Siegespreis zu erwerben?", rief jemand aus der Runde.
„Nein, ich habe euch nur deshalb von dem Marathonlauf erzählt, um zu zeigen, dass man nur mit Begeisterung und Ausdauer das Ziel erreicht."

Antigone war durch die Berichte ihrer Freundin Damaris in die Erlebnisse mit Paulus eingebunden. Was sie erfuhr, machte sie unruhig. Denn sie vermochte ihr Leben mit dem, was der Apostel und Missionar lehrte, nicht in Einklang zu bringen. Es gab Dinge, die ihr in der Vergangenheit gleichgültig geblieben waren, denn den Göttern, die die Athener in Zweifelsfällen anriefen, traute man keine entscheidende Hilfe zu. Sie gebärdeten sich wie Sünder und waren es auch. Dagegen ging von dem Gott, den Paulus verkündete, eine völlig andere, eine eindeutige Wirkung aus. Hier wusste man, woran man war, hier gab es kein Verhandeln und keine Ausreden. Seine Worte waren Donnerhall, Paukenschläge, ehernes Gesetz.

Ernestos spürte die Veränderungen im Leben seiner Hetäre. Eine Weile hielt er sich mit Fragen zurück, beobachtete Antigone aber genau. Vielleicht entpuppte sich der Wandel ja als flüchtige Laune, die verging. Doch mit der Zeit wurde Antigone immer stiller. Ihre Freude an Theateraufführungen, Soireen, an Einladungen, exquisiten Speisen versiegte. Ernestos' politische Verpflichtungen gaben Antigone Zeit, über ihren Lebenswandel nachzudenken. Aber eines Abends stellte ihr Liebhaber sie zur Rede.

„Ich habe heute alle Termine abgesagt. Ich glaube, wir sollten reden."

„Reden, worüber?"

„Das frage ich dich. Ich kann mir nicht denken, dass

ich mein Verhalten dir gegenüber geändert hätte. Aber du bist mir eine Erklärung schuldig."
Antigone sah blass aus. Ihr Schminkkästchen stand unberührt im Boudoir.
„Was ist bloß los mit dir? Bin ich dir nicht mehr gut genug?", fragte Ernestos nach einer Weile.
„Es geht nicht immer nur um dich. Es ist an der Zeit, dass Frauen ihr Schweigen brechen und sagen dürfen, wie ihnen zumute ist."
„Habe ich dich je daran gehindert?", fuhr Ernestos auf.
„Nein, du hast erst gar nicht zugehört. Das Schweigen gilt als die Ehre der Frau, und ihr größter Ruhm ist es, wenn nicht schlecht von ihr gesprochen wird. Die Frau ist zum Gehorsam bestimmt. In allem, was wichtig ist, hat sie nicht mitzureden."
„Und? Das hat dich die letzten Jahre nicht gestört."
„Doch, es hat mich gestört. Ich habe es mir nur nicht eingestanden. Aber jetzt ist da dieser Apostel, der ein ganz anderes Frauenbild verbreitet."
Ernestos sprang auf. „Aha, daher weht der Wind. Du hast ihn doch nicht selbst gehört, oder? Hat deine Freundin Damaris dir den Kopf verdreht?"
Antigone versuchte, ruhig zu bleiben und Ernestos keine Gelegenheit zu geben, aufzubrausen und sie zu beschimpfen.
„Ich habe auf dem Markt vernommen, wie Paulus über die moralische Freizügigkeit bei uns denkt. Prostitution ist für ihn Unzucht. Ich beschmutze

meinen Leib, der ein Tempel Gottes ist. Die Ehe ist für ihn die gottgewollte Einheit von Mann und Frau."
„Bist du endlich fertig?" Ernestos stand drohend vor Antigone. Er hob die Hand, als ob er zuschlagen wollte, besann sich aber und ließ sie sinken. „Entschuldige, aber dieser Apostel macht mich rasend. Und noch mehr macht mich wütend, dass du seinem Gerede verfallen bist. Hast du nicht im guten Glauben an die Richtigkeit deines Handels an meiner Seite gelebt? Habe ich dich nicht behandelt wie meinesgleichen, ohne zu unterscheiden zwischen den Rechten einer Frau und denen des Kyrios?"
Antigone trat ans Fenster und lauschte in die Nacht, in der es nie ganz ruhig war. Glühwürmchen tanzten vor den schwarzen Maulbeersträuchern im Garten.
„Ich stelle die gute Behandlung, die ich hier genieße, nicht in Abrede, Ernestos. Aber mir hat immer etwas gefehlt, ohne dass ich es ausdrücken konnte. Jetzt weiß ich es."
Ernestos lief aufbrausend im Zimmer auf und ab. Vor lauter Wut achtete er nicht darauf, dass er dem Schoßhund auf den Schwanz trat, der jaulend davonstob und eine teure Vase zu Boden riss.
„Ich habe nicht vor zu heiraten, wenn du das meinst. Weder dich noch jemand anderen. Ich begebe mich nicht in eine Abhängigkeit, die mir Pflichten auferlegt. Das Leben mit Hetären ist mir angenehm und bietet mir alle Vorzüge, die ein Mann haben kann."
Die Worte schlugen ein wie Hammerschläge. Antigo-

ne taumelte, aber dann sank sie in einen Sessel und verbarg das Gesicht in den Händen. Als sie nach einer Weile aufblickte, war Ernestos verschwunden.

Am nächsten Morgen hatte ihr Liebhaber das Haus verlassen. Sein Diener Anatoli erklärte, ihr Herr sei in politischen Verpflichtungen unterwegs und werde nicht vor Paraskeví, Freitag, zurückerwartet. Er sei beauftragt, ihr ein Päckchen mit besten Grüßen zu übergeben. Antigone riss die Verschnürung auf. Der Inhalt entpuppte sich als eine Menge Silbermünzen mit Götterbildern und heiligen Tieren als Motiv. Von ihrem Wert, überschlug die junge Frau, konnte sie mehrere Jahre leben. Zugleich aber durchfuhr sie ein schrecklicher Gedanke: Ernestos trennte sich von ihr, gab ihr den Laufpass. Mit Geld fertigte er ihr sechsjähriges gemeinsames Leben ab. Hatte er in dieser Zeit nur ihre Liebesdienste im Blick gehabt, keine persönlichen Gefühle für sie entwickelt? Sie hätte ohne Zuneigung, ja ehrliches Empfinden für ihn nicht existieren wollen. Auch wenn sie nur eine Hetäre war mit einem Leben ausgelegt auf bezahlte Liebe, dieser abrupte Abschied steigerte den Schmerz der letzten Tage.

Als sie in ihr Boudoir zurückkehrte, lagen ihre Kleider, ihre Wäsche und weitere Utensilien fein säuberlich auf einem Haufen. Dies war ein vorbereiteter Abschied für immer. Anatoli erschien mit betretenem Gesicht. „Die Kutsche steht bereit. Ich spanne an, wenn die Herrin es verfügt."

Antigone antwortete nicht. In ihrem Kopf kreisten die Gedanken. Wohin? Verwandte besaß sie hier nicht, Freunde nur wenige. Ernestos hatte sie stets beansprucht und in seiner Nähe haben wollen. Die nächstgelegene Herberge bot sich als Übergangslösung an, bis sie eine Lösung finden würde. Sie packte ihre Sachen in zwei Truhen, Anatoli belud das bereitstehende Phaeton, eine Kutsche, ein kleines, offenes Gefährt mit Verdeck, das vom Herrn oder der Dame selbst gefahren wurde. Anatoli setzte sich auf die hintere Bank. Ein paar Straßenzüge weiter waren sie am Ziel. Die Herberge machte im hellen Sonnenlicht einen gediegeneren Eindruck, als es der Wirklichkeit entsprach. Ein Diener eilte die Treppenstufen herab, um sich des Gepäcks anzunehmen. Antigone erbat sich ein Zimmer zur Gartenseite. Dort war es ruhig mit einem Blick auf die Blumenpracht und die schattigen Bäume. Die Übersiedlung hierher erwies sich als richtig. Die Besitzerin der Herberge und ihre Mitarbeiterinnen zeigten sich ihren Gästen gegenüber freundlich und zuvorkommend. Antigone konnte ihre Lage in Ruhe überdenken und mit sich ins Reine kommen ...

Wie hatte alles so weit kommen können? Antigone grübelte, doch sie kam zu keinem Ergebnis. Was sie von Paulus wusste und Erncstos erzählt hatte, konnte allein nicht zum Abbruch ihrer Beziehungen geführt haben. Dahinter mussten die „Moiren“ ihr böses Spiel getrieben haben, die Schicksalsgöttinnen. In der griechischen Mythologie existierten drei „Moiren". Sie symbolisierten das unabwendbare Geschick. Klotho mit der Spindel spann den Lebensfaden. Lachesis mit der Schriftrolle bemaß die Länge des Lebensfadens. Und Atropos, die Unabwendbare, die Unerbittliche, durchtrennte ihn irgendwann mit ihrer Schere. Diese drei waren die Kinder der Nyx, der Göttin der Nacht. Sie traten gemeinsam oder alleine auf und stellten zusammen Vergangenheit, Gegenwart und Zukunft dar. Die „Moiren" erinnerten an das Schicksal der Menschen mit Anfang, Dauer und Ende des Lebens.

Hatten die Schicksalsgöttinnen also ihre Hände im Spiel? Antigone war kein gläubiger Mensch, jedenfalls keiner, der ständig in Verbindung mit der Götterwelt lebte. Das Leben hatte sie Anpassung und Dienst an einen Kyrios gelehrt. Doch jetzt, nach diesem Schlag, den das Schicksal ihr versetzt hatte, schienen ihr himmlische Einflüsse recht klar zu sein.

Damaris stand wie ein Wink des Schicksals vor ihrem geistigen Auge. Sie musste sie unbedingt zurate ziehen. Aber noch widersetzte sich eine innere Stimme dem Wiedersehen. Würde Damaris nicht ihr selbst die Schuld geben?

Paulus hatte in jüngster Zeit mehrmals unruhig geschlafen. Die bevorstehende Weiterreise musste geplant werden und die Sorge darum verfolgte ihn bis in die Nacht. Aber auch ein Traum beschäftigte ihn und gab ihm Rätsel auf. Aus der Beschreibung von Damaris wusste er von ihrer Freundin Antigone. Dass sie als Hetäre bei einem gebildeten, wohlhabenden Politiker in Diensten stand, war ihm bekannt. Nun aber war ihm jene junge Frau in der letzten Nacht in abgerissener Kleidung, mit zerzaustem Haar und fahlem Gesicht erschienen. Der Schrei, den sie dabei ausgestoßen hatte, deutete auf nichts Gutes hin. Auch wenn er noch zahlreichen bekehrten Griechen die Taufe spenden musste, Paulus konnte diesen Hilferuf nicht ignorieren. Er beschloss, zunächst Damaris ins Bild zu setzen, mit der er fast täglich im Hause des Mários zusammentraf.

„Hast du in jüngster Zeit Kontakt zu Antigone gehabt?“

„In den letzten Tagen nicht. Warum?“

„Mir scheint, sie ist in Not und braucht unsere Hilfe.“

Paulus beschrieb kurz den Traum, in dem sie ihm im verzweifelten Zustand erschienen war.

Damaris war zutiefst beunruhigt. „Ich werde noch heute zum Haus des Ernestos gehen und fragen, was vorgefallen ist.“

Noch hatte Paulus seinem Arbeitsfreund Mários bei der Zeltmacherei beigestanden und den unerledigten Aufträgen zum Abschluss verholfen. Die junge Gemeinde erforderte indes immer stärker seine Auf-

merksamkeit und er war froh, Damaris bei der Verkündigung und in der Diakonie einsetzen zu können. Die Sorge um alte und kranke Menschen war für sie eine gute Vorbereitung auf die Leitung des geplanten Hauses. Viele Menschen verbrachten den Lebensabend in ihren Familien. Waren sie nur geduldet, ein Klotz am Bein, oder ernteten sie die Früchte eines arbeitsreichen Lebens? Nicht alle kamen in diesen Genuss. Die „Theten“ zum Beispiel, Lohnarbeiter, Tagelöhner und kleine Händler, die die untere der vier Zensusklassen in der Verfassung des athenischen Staatsmanns und Lyrikers Solon bildeten, erreichten kaum das Alter, um vom Aufenthalt in einer beschützenden Umgebung zu profitieren. Ihre Kräfte waren verbraucht, sie starben, während sich die Reichen und Müßiggänger ihres Lebens erfreuten. Damaris wollte aber, dass gerade Arme, Kranke, Ausgenutzte und Sklaven einen Lohn für ihre harte Arbeit erhielten. Dionysios Areopagites entwarf inzwischen auf Damaris' Bitten Pläne für das Haus. Würde er sich auch an der Finanzierung des Objektes beteiligen? Damaris zögerte die Frage lange hinaus. Schließlich aber nahm sie allen Mut zusammen und erkundigte sich danach.
„Wir werden eine Anzahl Sklaven anheuern, das bringt gewisse Vorteile.“
„Heißt das, sie werden nur einen Bruchteil der Summe erhalten, die regulären Bauleuten zusteht?“
„Ja. Das ist die Praxis.“

„Aber nicht bei mir. Hast du vergessen, was Paulus lehrt? Wenn er vom Gleichwert aller Menschen spricht?“
„Nun gut“, erwiderte Dionysios nach einer Weile. „Ich werde wohl noch tiefer in den Geldsack greifen müssen, damit du zufrieden bist.“
Damaris machte sich noch am selben Abend auf den Weg zur Wohnung des Ernestos. Sie musste lange klopfen und warten, bis Anatoli an der Pforte erschien. Die Frage nach Antigone beantwortete er zunächst mit hartnäckigem Schweigen. Doch Damaris drang umso wütender in ihn.
„Ich werde mich von dir nicht abweisen lassen“, schimpfte sie. „Was ist mit deiner Herrin geschehen?“
„Ich kann nicht viel sagen“, erklärte Anatoli schließlich. „Sie ist nicht mehr Herrin und wohnt nicht mehr hier. Aber ich verspreche dir zu sagen, wo sie sich aufhält, wenn du schnell vergisst, dass du die Anschrift von mir weißt.“
Den Weg zur Herberge legte Damaris im Laufschritt zurück. Sie traf Antigone im Garten an, wo sie unter einem der schattigen Bäume in einem Lehnstuhl saß. Kaum war Damaris erschienen, lagen sich die Freundinnen in den Armen. Eine Weile hörte man nur ihr Schluchzen. Als sie sich schließlich setzten, klammerte sich Antigone an Damaris’ Arm und wollte ihn nicht mehr loslassen.
„Was ist geschehen?“, fragte Damaris.
Antigone erzählte. Die Worte sprudelten nur so aus

ihr hervor, wogen schwerer und schwererer, bis sie vom Bruch mit Ernestos berichtete.

„Das hätte ich nie von Ernestos gedacht, dass er sich deiner auf diese schäbige Weise entledigt“, sagte Damaris. „Du hast dir doch nichts zuschulden kommen lassen.“

„Doch. Ich habe von der Ebenbürtigkeit von Mann und Frau gesprochen, wie Paulus es lehrt, und das kann er nicht akzeptieren.“

„Setzt sich die Botschaft Jesu Christi durch, so wird es bald noch mehr Aufruhr geben“, erwiderte Damaris. „Ich bin froh, dass Paulus nach Athen gekommen ist und uns diesen neuen Glauben bringt. Die Morgenröte ist schon zu sehen, aber es wird noch eine Weile dauern, bis die Sonne ihren vollen Glanz entfalten kann.“

Eine Sklavin kam und brachte eine Erfrischung. Mit dem Schwinden des Lichtes nahm der Duft der Pflanzen zu; es roch fruchtig, süß, etwas frisch, nach Feige und Kokos. „Mach dir um deine Zukunft keine Sorgen. Willst du nicht mehr wie in der Vergangenheit leben, so weiß ich, was wir gemeinsam tun können.“ Antigone klammerte sich an dieses Versprechen. „Gemeinsam – mit dir? Da muss ich nicht überlegen, Damaris. Da du bei Paulus in die Lehre gehst, kann es nur glückverheißend sein.“

Die Stimmung gegen Paulus regte sich zunächst in einem kleinen Kreis. Einigen Mitgliedern der „Heliaia“, des obersten athenischen Gerichtes, kamen die Predigten des Apostels zu aufrührerisch und gar verfassungsfeindlich vor. Das Gericht tagte im Freien, unter der Sonne, und wurde auch „große Ecclesia“ genannt. An ihrer Spitze standen die Heliasten und Dikasten, die sechstausend Richter, die jedes Jahr aus den über 30 Jahre alten Bürgern Athens ausgelost wurden. Wer der Staatskasse Abgaben schuldete, seine Rechte verloren hatte, unter körperlichen oder geistigen Mängeln litt, konnte das Richteramt nicht ausüben.

Die Stimmung hatte noch keinen Namen. Sie gedieh im Verborgenen, bis sich eine kleine Gruppe Paulus' feindlich gesinnter Männer formierte und zum Ausdruck brachte, was ihr an diesem Mann römischen Rechts missfiel.

Mários bekam die Abneigung zuerst zu spüren. Drei, vier Personen schlichen sich nachts auf sein Gelände und bewarfen das Haus mit Steinen. Dabei schrien sie: „Paulus raus, Paulus raus!“ Der Missionar wollte sich den Aufrührern stellen und den Grund für ihren Unmut wissen, doch Mários hielt ihn zurück: „Das sind keine ehrenwerten Männer, die da schreien. Das ist der Pöbel, der durch andere angestiftet und bezahlt wird.“

Als Damaris am nächsten Tag das Haus des Mários und seiner Familie aufsuchte, fand sie die Bewohner in großer Unruhe vor.

„Heute werden wir keine Versammlung abhalten", sagte Paulus. „Ich kann meinem Freund und seine Familie keiner weiteren Belastung aussetzen."
„Wenn ein paar vereinzelte Störenfriede schon so viel Wirkung erzielen, was wird erst, wenn sich hier hundert einfinden und Krawall machen?"
Das wollte Paulus nicht riskieren. Er sprach wieder von seiner baldigen Abreise. „Der Same des Christentums keimt bereits, die Gemeinde wird sich mit Gottes Segen weiter entfalten."
Mários enthielt sich der Stimme. Einerseits bedauerte er Paulus' Weggang, zum anderen hatte die viele Unruhe Spuren hinterlassen. Es gab Reparaturen am Haus zu bewerkstelligen und den Beruf wieder in geordnete Bahnen zu lenken.
Damaris wollte nicht klein beigeben. „Ich werde Dionysios Areopagites ins Boot holen und mit ihm die Sache besprechen. Er hat großen Einfluss in dieser Stadt und ich hoffe, dass er die wegen Paulus entstandene Aufregung im Keim ersticken wird."
Paulus wehrte sich, diese Unruhe sei bestimmt bald behoben, wenn er die Stadt verlassen habe. Zudem wolle er kein Aufhebens um seine Person.
„Nicht wegen deiner Person, Paulus, aber wegen deiner Botschaft. Du bist bisher überall mutig und überzeugt aufgetreten, hast Menschen begeistert und ihnen eine neue Lebensperspektive gegeben. Jetzt bleib auch dabei."
Damaris wunderte sich, weshalb der Apostel plötz-

lich so mutlos und resigniert wirkte. Eine solche Verstimmung kannte man nicht bei ihm. Im Gegenteil. Überzeugt von seiner Sendung ließ er sonst keine Gelegenheit aus, von Jesus Christus zu erzählen und die Vorzüge des christlichen Glaubens zu preisen. Ein paar Tage später offenbarte er, woher seine Niedergeschlagenheit stammte. Paulus hatte auf Umwegen Nachricht vom Tod des Apostels Jakobus erhalten.
„Warum hast du nichts gesagt?“, ereiferte sich Damaris. „Dein Leid ist auch mein Leid, das hättest du wissen müssen, weil wir in Christus verbunden sind.“
„Ja, nun zeigt sich das Drama des Christentums“, seufzte Paulus. „Wer die Menschheit so radikal ändern will durch die Botschaft der Liebe, begegnet dem Kreuz wie der Herr. Ich ahne, dass fast alle Apostel Christi den Märtyrertod erleiden müssen, mich inbegriffen. Doch als römischer Bürger habe ich ein Anrecht auf das Schwert.“
„Du machst mir Angst“, rief Damaris. Paulus lächelte, er strich ihr mit der Hand über das Haar, dann wandte er sich ab.
Jakobus war zusammen mit Petrus und Johannes auf dem Berg der Verklärung gewesen, als Jesus mit Elija und Moses gesprochen hatte. Im Garten Getsemani wurde er Zeuge der Verzweiflung Jesu angesichts seines bevorstehenden Leidensweges. Nach der Auferstehung befand sich Jakobus mit den anderen Aposteln in Jerusalem. Während der Herrschaft des Herodes Agrippa I. über ganz Judäa in den Jah-

ren 41 bis 44 erlitt er den Tod durch das Schwert. Die jungen Christengemeinden standen miteinander in Verbindung, gaben wichtige Ereignisse von Stadt zu Stadt und Dorf zu Dorf weiter und unterhielten einen Gebetskreis. Und so war die Nachricht vom Tod des Apostels Jakobus bis nach Athen gelangt.

Damaris beobachtete die Menschen. Nicht nur die, die zum Christentum gefunden hatten, sondern auch die, die ihr täglich begegneten. Während sie in einer Taberna auf dem Weg zum Areopag eine Pause einlegte, zogen die Gesichter an ihr vorbei. Die der reichen Bevölkerung waren voller Unruhe, als ob ihnen etwas entginge. Damaris wollte ihnen nicht unterstellen, dass die Gier aus ihren Augen sprach. Doch sie hatte den Eindruck, sie erwarteten mehr, sie wollten mehr und sie bekamen auch mehr, weil sie reich genug waren, um sich alles erlauben zu können. Die meisten Gesichter aber waren still, angespannt oder fast leblos. Sie gehörten den Bediensteten, den Untergebenen, den Sklaven, die für das Wohlergehen der reichen Bevölkerung schwer arbeiten mussten. Eine Frau am Nebentisch zog Damaris' Aufmerksamkeit auf sich. Sie trank etwas und ihr Blick war wie geistesabwesend. Als sie die Rechnung beglich und die Bedienstete ihr einen guten Tag wünschte, sagte sie halblaut: „Den werde ich wohl nicht haben. Morgen wird mein zweiter Mann beerdigt, und ich fürchte, ich stehe allein an seinem Grab."

Damaris erschrak. „Hast du denn keine Angehörigen?", mischte sie sich ein.

„Meine beiden Töchter aus erster Ehe haben sich mit ihrem Stiefvater nicht gut verstanden. Sie werden wohl nicht kommen, obgleich sie in Hydra wohnen, das ja nicht zu weit entfernt ist."

„Ach, das tut mir leid!"

Unvermittelt brach die Frau in Tränen aus. Damaris erschrak und sah sie kurz hilflos an. Dann folgte sie einem Impuls und umarmte sie. Sie spürte, wie der Körper der Frau zitterte. Nach einer Weile ging sie, schwer mit der Last ihres Kummers auf ihren Schultern.

Sie ist keine Christin, dachte Damaris später. Aber sie hat den Wunsch nach Mitteilung und Teilnahme. Das ist wohl ein Grundbedürfnis aller Menschen, unabhängig von ihrem Ansehen und ihrer Herkunft. Aber wir Christen müssten wachsamer sein und die Nöte unserer Mitmenschen unabhängig von ihrem Glauben erkennen. Wenn ich herausgefunden habe, wo ihr Mann beerdigt wird, werde ich dort sein.

In einem abgelegenen Abschnitt der Kerameikosstraße hatten Bauarbeiter den Boden ausgehoben und die Ecken des Hauses abgesteckt, das Damaris und Lascarina zum Segen alter Menschen bewirtschaften wollten. Damaris ahnte, dass sie Dionysios hier oder auf dem Areopag antreffen würde, denn der Grund, auf dem das Haus errichtet werden sollte, ging auf seine Stiftung zurück. Er hatte inzwischen ein beträchtliches Erbe angetreten, das Vater Georgios ihm nach einigen Widerständen zugeteilt hatte, denn er sah, dass sein Sohn nicht nur gute politische Arbeit leistete, sondern auch das Allgemeinwohl im Blick hatte. Zu diesen Initiativen gehörte auch das Haus, das er auf Anregung des Apostels armen, alten, kranken Menschen der Stadt bauen ließ und das Damaris mit einigen Frauen demnächst bewirtschaften würde. Als Dionysios ihr zugesagt hatte, die gesamte Bausumme zu übernehmen, war ihr ein großer Stein vom Herzen gefallen.

„Ich weiß, dass es eine feindselige Stimmung gegen den Apostel in Athen gibt. Im Gericht sind mehrere Klagen gegen ihn eingegangen, doch konnte ich bisher verhindern, dass ein Verfahren gegen ihn eröffnet wurde. Ich habe der ‚Heliaia' auch von unseren Bauplänen berichtet, die im Grunde auf die Anregung des Paulus und seiner Lehre zurückgehen, und die Richter waren recht angetan von dieser Initiative, die hier ihresgleichen sucht. Also, mach dir keine Sorgen und beruhige auch Mários und seine Familie."

Dionysios Areopagites war ein stattlicher Mann. Sein schwarzes Haar glänzte in der Sonne, die lebendigen Augen erforschten wachsam seine Umgebung, sein

bräunlicher Teint und die ganze Erscheinung erinnerten Damaris an Apollon, den Gott des Lichtes und des Frühlings. Kaum zu glauben, dass sie vor der Ehe mit ihm einen Rückzieher gemacht hatte, weil beide von einer anderen Sendung überzeugt waren. Doch sie arbeiteten in einer Harmonie zusammen, die Paulus als göttlichen Ursprungs bezeichnet hätte.
Im Elternhaus von Damaris herrschte schon eine Weile eine latente Unruhe. Man spürte sie nicht in den Worten, auch nicht in Gesten, aber sie war unterschwellig vorhanden.
„Du bist ja kaum noch zu Hause", beschwerte sich Klio, Damaris Mutter. „Ich kann verstehen, dass du diesem Paulus nachläufst, denn er sagte ja wohl Dinge, die ihresgleichen suchen. Doch versündige dich nicht gegen die Götter, die dein Geschick bestimmen. Zudem fehlst du mir im Haushalt."
Damaris erschrak. Vor lauter Begeisterung für den Apostel und die durch ihn ausgelösten Veränderungen in ihrem Leben hatte sie ihre häuslichen Pflichten wirklich vernachlässigt. Sie wusste nicht, das Lascarina den Verlust durch doppelte Anstrengungen auszugleichen versuchte.
Zenon, der Vater, wollte seiner Frau beipflichten, besann sich dann aber, weil er meinte, Damaris und Dionysios Areopagites würden die verpasste Gelegenheit zur Ehe vielleicht nochmals überdenken, da die beiden in jüngster Zeit wiederholt zusammengetroffen waren. Gelegenheit macht Liebe, wussten

schon die Götter und zuweilen machten sie davon so heftig Gebrauch, dass der Olymp zitterte.
Damaris' Bruder Nikos konnte sich versteckter Anspielungen nicht enthalten.
„Na, wo habt ihr denn euer Liebesnest? Gibt es schon eine Menükarte für die Hochzeit?"
„Ich denke, dass du als nächster die Zahl der Familienmitglieder vermehren wirst", entgegnete Damaris. „Mach dir schon mal ein paar Gedanken, mein Lieber."
Die Familie, so hatte es Damaris gelernt, war nicht nur dazu da, Nachkommen zu zeugen, sondern auch dazu, die Betreuung der Eltern im Alter sicherzustellen. Die Väter von Braut und Bräutigam arrangierten ein Treffen, bei dem sie sich in Anwesenheit von Zeugen darauf einigten, dass ihre Kinder sich verloben durften, ohne dass deren Anwesenheit und Meinung dazu unbedingt erforderlich gewesen wäre. Diese Absprache geschah nur mündlich. Das Hauptthema war die Mitgift. Es war üblich, dass der Vater der Tochter ein Zehntel seines Eigentums als Mitgift gab. Normalerweise umfasste diese Mitgift Geld, Geschirr, Möbel, Kleidung oder Schmuck. Bei den Söhnen trat der Vater Eigentum wie Ländereien ab. Die Mitgift war Eigentum der Braut, aber nicht die des Bräutigams. Wenn sie sich trennten, war er verpflichtet, die Mitgift an die Familie zurückzugeben, nicht an die Tochter. So war es in Athen üblich. Die Frau hatte bekanntlich keine Rechte; sie war Eigentum ihres Vaters oder ihres Mannes.

In Athen fanden Hochzeiten in der Regel im Januar, im Monat Gamiliona, statt und die Zeremonie dauerte drei Tage. Am ersten Tag opferte der Vater der Braut den Göttern die üblichen Gaben, die Braut übergab der Göttin Artemis ihr Spielzeug, um symbolisch ihre Verbindungen zu ihrer Kindheit abzubrechen. Das Brautpaar badete in Wasser aus einer heiligen Wasserquelle. Am zweiten Tag arrangierte der Vater der Braut das Hochzeitsfest, danach brachte man die Braut in ihr neues Zuhause. Am dritten Tag nahm die Braut die Hochzeitsgeschenke in ihrem neuen Heim entgegen. Die Ehe war immer der Göttin Hera gewidmet, der Beschützerin der Institution Ehe.

Nikos lächelte, als Damaris ihm die Rechte und Pflichten in einer Ehe aufgezählt hatte. „Natürlich ist dir der bessere Teil beschieden, weil du dich nicht so erniedrigen musst wie eine verheiratete Frau."

„Erniedrigen? Wenn eine Frau es nicht anders weiß und die Gepflogenheiten ernst nimmt, wird sie die Erniedrigung nicht spüren."

„Oh, sag das nicht. Wenn sie sich mit einem Mann vergleicht, erkennt sie schon, wie klein die Rolle ist, die sie spielt."

Bruder und Schwester stritten noch eine Weile, dann sagte Damaris: „Kannst du dich überwinden, einmal an einem Treffen mit dem Apostel teilzunehmen? Dann wirst du hören, dass alle Menschen gleich sind, niemand die Vorherrschaft über einen anderen hat."

Nikos zuckte die Schultern. „Wer so etwas behauptet, verschließt die Augen vor der Realität. Alle Menschen gleich – was für ein Unsinn! Die Welt würde völlig aus den Fugen geraten."

Paulus verließ Athen. Ohne Aufsehen war er in die Stadt gekommen, ohne Aufsehen wollte er sie mit seinen Begleitern verlassen. Doch der Plan misslang. Mitglieder der neuen christlichen Gemeinde und viele Neugierige hatten sich eingefunden, um ihm das Geleit zum Hafen zu geben. Bevor der Apostel das Boot bestieg, segnete er die Versammlung der Getauften und Katechumenen und verabschiedete sich mit folgenden Worten: „Ihr werdet nun mit Gottes Beistand für die Ausbreitung des Glaubens sorgen. Ich vertraue die Leitung der jungen Gemeinde der getreuen Damaris an. Sie und ihr engster Stab werden euch unterweisen in dem, was wichtig und nötig ist, Gottesdienste mit euch feiern und die Werke der Barmherzigkeit üben. Durch die Taufe, die das erste und grundlegende Sakrament ist, seid ihr in die Glaubensgemeinschaft der Christen aufgenommen worden. Andere werden euch folgen. Möge Jesus Christus, unser Herr, diese Gemeinschaft segnen und möge Gottes Geist ihre Gedanken und Worte beflügeln."

Das Boot legte ab und fuhr zu dem größeren Segelschiff hinüber, das etwa zweihundert Schritt vom Strand entfernt vor Anker lag. Einige Menschen weinten. Damaris verbiss sich die Tränen. Sie dachte an die Aufgaben, die ihr übertragen worden waren, und wollte keine Zeichen von Schwäche zeigen.

Paulus und seine Begleiter waren auf dem Weg nach Korinth. Dort lebte der Jude Aquila aus Pontus, einer historischen Landschaft an der kleinasiatischen Südküste des Schwarzen Meeres, mit seiner Frau Priszilla. Tiberius Claudius Caesar Augustus Germanicus, der vierte römische Kaiser der julisch-claudischen Dynastie, hatte wegen Auseinandersetzungen um einen gewissen „Chrestus“ alle Juden aus Rom ausweisen lassen. Dort waren dem Ehepaar zum ersten Mal Erzählungen über Jesus Christus begegnet. Da Aquila ebenfalls Zeltmacher war, fand Paulus in seinem Hause gastliche Aufnahme. Aquila arbeitete voller Eifer mit ihm zusammen. Priszillas Gastfreundschaft war beispielhaft, denn die Aufnahme von Geschwistern der jungen Christengemeinde empfand sie als eine Bereicherung für das Familienleben. Paulus predigte wie in allen Städten zunächst in der Synagoge.
„Du erfährst hier großen Widerstand, Paulus, rede lieber nur zu den Nichtjuden“, warnte Priszilla. In der Tat, hier ließen sich nur wenige Zuhörer von der

neuen Botschaft überzeugen. Der erste war Titius Justus, ein gottesfürchtiger Mann, der neu in der Synagoge lebte. Er und auch der Leiter der Synagoge, Krispus, und sein Haus ließen sich taufen.
Paulus freute sich über diesen Erfolg, doch Aquila und Priszilla warnten: „Unterschwellig gärt es unter den Juden, sie planen etwas, aber wir wissen nicht, was."
Und in der Tat, als der neu ernannte Prokonsul Gallio in Korinth eintraf, klagten die Juden den Apostel an. Gallio, ein Bruder des römischen Philosophen Seneca, hörte sich an, was die Widersacher vorzutragen hatten: „Dieser Mann ist ein Gegner der Religion, die im Römischen Reich offiziell anerkannt ist. Er verstößt gegen unser Gesetz." Obschon Krispus, der sich Paulus angeschlossen hatte und ein einflussreicher Mann war, für den Missionar in die Bresche sprang, blieben die Juden bei ihrer Anklage. Gallio wertete die Vorwürfe jedoch als innerjüdische Angelegenheit und erklärte: „Hört, ihr Juden, wenn das ein Fall von zugefügtem Unrecht oder ein ernstes Verbrechen wäre, dürftet ihr in der Tat verlangen, dass ich euch geduldig anhöre. Doch da es sich hier um Fragen über Worte und Namen eurer eigenen Gesetze handelt, müsst ihr euch selbst damit befassen. Ich weigere mich schlicht und einfach, über solche Dinge zu richten." Diese Entscheidung gefiel den Juden nicht. So fielen sie über den Synagogenvorsteher Sosthenes her und verprügelten ihn.

Das Urteil bestärkte die junge Gemeinde, die fortan aufblühte und manchen Zuwachs an Täuflingen bekam. Paulus entschloss sich, nach viele Monaten in Korinth nach Antiochia in Syrien zurückzukehren. Von Kenchreä, Korinths östlichem Hafen, nahm er ein Schiff nach Ephesus. Drei Jahre lebte und lehrte er in der Hauptstadt der Provinz Asia. Die Eheleute Aquila und Priszilla begleiteten ihn. Sie wussten inzwischen so viel über Jesus, dass sie als selbstständige Missionare wirken konnten. Sie gehörten mit Paulus zu den Gründern der Gemeinde in Korinth. Beide setzten sich später für den Apostel in Notsituationen heldenhaft ein und gehörten zum Fundament der Urkirche.

Nach Paulus' Abreise wurde es zunächst etwas still um die Christen in Athen. Jeder Getaufte musste sich zunächst in seiner neuen Situation zurechtfinden. Zudem stand die neue Religion noch auf schwachen Beinen und war anfällig. Die Verehrung der Götter auf dem Olymp war ja relativ einfach gewesen, man hielt sich an Vorschriften und Bräuche, die eine lange Tradition besaßen. Der Polytheismus des antiken Vielgötterglaubens war Gewohnheitssache mit aufsehenerregenden Zeremonien in alten Tempeln, mit denen antiken Göttern von Apollo bis Zeus gehuldigt wurde. Jetzt war alles anders. Es gab

Menschen, die Christentum und Götterwelt vermischten und sich in dem Durcheinander nicht zurechtfanden. Andere lehnten sich gegen die ihnen strenger erscheinenden Gebote, die Paulus verkündet hatte, auf und kehrten zur alten Glaubenspraxis zurück. Die aber wohl verstanden hatten, worauf es in der Lehre von Jesus Christus ankam, hielten zusammen und halfen sich gegenseitig. Vor allem die zahlreichen Unfreien und Sklaven fühlten sich durch ihre Aufwertung zu diesem Glauben hingezogen, sodass sie gern an den Gottesdiensten, die Damaris und ihr Team vorbereiteten, teilnahmen.

War dieser Jesus von Nazareth, auf den sich eine Anzahl Athener berief, am Ende ein Revolutionär, ein Aufwiegler und Unruhestifter, dessen Lehre gegen die staatliche Ordnung verstieß? Damaris wurde mehrmals vor Gericht geladen, um sich zu erklären, und hatte einige Mühe, die Botschaft des Paulus zu erschließen. Schließlich gewann sie Dionysios Areopagites als Verteidiger gegen die Vorwürfe. Er konnte ganz anders argumentieren und die Bedenken der Obrigkeit zerstreuen. Dennoch wachten ein paar Argusaugen auch weiterhin über die ersten Athener Christen.

Über die Bestimmung Jesu: „Ihr seid das Salz der Erde“ und „Ihr seid das Licht der Welt“, die Matthäus überlieferte, musste Damaris immer wieder nachdenken. Denn diese Worte hatten ein Gewicht, das sie und die Athener Christen aus der Allgemeinheit hervorhob und zum Handeln aufforderte. Wenn das Salz schlecht wird, womit soll man dann salzen? Und wenn das Licht unter einen Scheffel gestellt wird und nicht auf einen Leuchter, wie soll es dann strahlen? Salz hat eine erhaltende Wirkung, es kann die Erde vor dem Verfaulen bewahren. Und das Licht gibt Orientierung, es ist Energie für alles Wachstum.

Die Nachricht, dass Ernestos nicht auffindbar sei, geisterte durch die Adelsfamilien Athens. Er war seit einigen Tagen nicht mehr in seinem Arbeitsraum auf dem Areopag erschienen, hatte sich weder verabschiedet noch von einer bevorstehenden Reise berichtet. Seine Abwesenheit beunruhigte die gehobene Gesellschaft. Jedermann in diesen Kreisen wusste, dass Ernestos kein Kostverächter war, was Frauen betraf, doch im Zusammenleben mit Antigone hatte er eine bemerkenswerte Stabilität bewiesen, was auf eine besondere Harmonie zwischen den beiden schließen ließ, die wesentlich das Verdienst der Hetäre war.

Als Damaris vom Verschwinden Ernestos erfuhr, galt ihr erster Gedanke ihrer Freundin Antigone. Nicht dass Damaris meinte, sie trösten zu müssen, denn nach dem herzlosen Abschied, der einem Rauswurf gleichkam, wusste sie, dass Antigone ihm keine Träne nachweinen würde. Aber vielleicht gab es Anhaltspunkte, wohin er sich möglicherweise auf den Weg gemacht hatte. Antigone hatte inzwischen die Herberge gegen eine gediegene Privatunterkunft vertauscht. Hier lebte sie in angenehmer Umgebung und empfing die Freundin mit gewohnter Herzlichkeit. Beide freuten sich, dass sie sich nach längerem zeitlichem Abstand wiedersahen. Sie suchten ihre Plätze im Garten auf und genossen ein kaltes Getränk mit Feigen und Bananen.

„Hat dich das Verschwinden von Ernestos überrascht?“, fragte Damaris nach den üblichen Begrüßungsfloskeln. „Er scheint von vielen vermisst zu werden.“

„Ich vermisse ihn auch“, nickte Antigone, „aber nicht als den, der er einmal für mich war, sondern als jemanden, der möglicherweise in Gefahr ist.“

„Aber du weißt nicht ...“

„Nein, ich weiß nichts. Er ist fort und ich weiß nicht wohin. Darüber, wo seine Verwandten leben, hat er nie mit mir gesprochen.“

„Könnte ihn jemand entführt haben, um seine Familie zu erpressen? Er besitzt ja ein großes Vermögen.“

„Ich glaube, das ist eine der Möglichkeiten, an die viele denken.“

Damaris überschlug die Höhe der Strafen, die auf Erpressung standen, kam aber nicht weiter. Viele Vergehen wurden ihrer Meinung nach zu lax behandelt. In der Regel erlitten die Bürger Athens ansonsten nach geltendem Recht keine Körperstrafen. Hatte

jemand unbeabsichtigt jemanden getötet, so lautete das Urteil zeitliche Verbannung. Gezielter Mord wurde mit der Todesstrafe geahndet, die Demosios, der Staatssklave, vollstrecken musste.
Die beiden Freundinnen plauderten eine Weile, wobei ihrem Gespräch etwas Luft fehlte, denn sie waren belastet von den Ereignissen und nicht in bester Verfassung, als ein Sklave erschien und meldete, zwei Herren in der Empfangshalle wünschten Antigone zu sprechen.
„Darauf habe ich gewartet", sagte Antigone. Sie spürte ihr Herz rasen, aber ihre Stimme klang fest. „Ich wusste, dass man mich als Erstes verdächtigen würde, mit dem Verschwinden von Ernestos etwas zu tun zu haben. Nur wundert es mich, woher sie wissen, dass ich hier wohne. Ich habe meinen Zufluchtsort niemandem preisgegeben."
„Ich lasse bitten", sagte sie dann. „Hier unter den Bäumen und in freier Natur spricht es sich leichter als in einem Raum."
Einige Augenblicke ungeduldigen Wartens vergingen, in denen die Freundinnen sich nur mit vor Schreck geweiteten Augen ansahen.
Die Männer kamen, stellten sich vor, doch vor Aufregung vergaßen die Freundinnen ihre Namen.
„Sie müssen mir nichts erklären," sagte Antigone. „Ich weiß, weshalb Sie hier sind."
„So?"
„Ich habe mit dem Fall Ernestos nichts zu tun. Wir

haben uns getrennt. Es ging nicht gerade friedlich zu. Aber mehr weiß ich nicht."

„Dann wissen wir ja mehr", sagte einer von ihnen.

„So? Sie sind doch vom Ältestenrat, oder?"

Jetzt lachte der andere. „Nein, wir sind Gesandte des Apostels Paulus. Er hat die Bekanntschaft mit einem gewissen Ernestos gemacht, oder war es umgekehrt? Das weiß ich nicht, tut aber auch nichts zur Sache. Es hat den Anschein, als sei Ernestos dem Apostel nachgereist, der sich jetzt noch in Korinth befindet, aber zu einer neuen Missionsreise aufzubrechen gedenkt."

„Mein Gott! Ja – und?"

„Wir wissen nur, dass dieser Ernestos mehr als eine halbe Nacht mit Paulus gesprochen hat. Vielleicht war es eine Art Generalbeichte. Jedenfalls trat er als ein anderer Mensch ins Freie. Paulus hat ihm aufgetragen, einen Brief an dich zu verfassen. Den haben wir bei uns."

„Woher wisst ihr, dass Antigone hier wohnt?", erkundigte sich Damaris, während ihre Freundin den Brief in den zitternden Händen hielt und murmelte: „Heureka! Hab ich dich gefunden?"

„Ernestos wusste es auch nicht, aber er hat uns seine Athener Adresse gegeben und uns an den Diener Anatoli verwiesen. Der stellte sich zwar stumm und taub, aber ein Obolus öffnete ihm Mund und Ohren."

Der andere Besucher schaltete sich ein: „Wir haben noch einen zweiten Brief, er ist an den Senatspräsidenten auf dem Areopag gerichtet. Bitte, beschreibe uns den kürzesten Weg dorthin, denn wir müssen noch heute das Schiff nach Korinth erreichen."

Antigone hatte den Brief inzwischen ungeduldig geöffnet. Sie zog sich damit tiefer in den Garten zurück. Enthielt er einen tieferen Inhalt oder bloß eine oberflächliche Rechtfertigung?

„Hier schreibt ein reuiger Mann", las sie, „ein Sünder, wie Paulus sagt, der deine Gutmütigkeit ausgenutzt, deine Liebe entehrt und dich von sich gestoßen hat. Ich bereue meine Verfehlungen zutiefst und bitte dich, mir die letzte Zeit, in der du unter mir so schwer hast leiden müssen, zu verzeihen. Ich war ein Narr! Was du mir von Paulus' Lehre über den Wert jedes Menschen gesagt und damit den Himmel Athens aufgerissen hast, widersprach aller traditioneller Lebens- und Liebesformen. Nachdem mich der Apostel aber weiter in die Lehre dieses Jesus von Nazareth eingeführt hat, weiß ich, dass unser gesellschaftliches Zusammenleben Mängel hat. Es zeigt nicht nur oberflächlich Differenzen, es zeigt Brüche, ja Abgründe. Die Arbeiter, die Diener und Sklaven werden von uns Adeligen und Freien benutzt, als seien sie frei verfügbare Marktware. Jahrzehnte, nein, Jahrhunderte politischen Wirkens haben diesen Zustand geschaffen – und er ist zutiefst ungerecht. Paulus hat mir die Augen geöffnet, aber auch das Herz. Der Missionar hat mich gelehrt, für andere Ziele zu kämpfen als bisher. Ich möchte dir, edle Antigone, nur berichten, was mich seither bewegt. Ich erwarte nicht, dass du zu mir zurückfindest. Zu viel habe ich zerbrochen. Aber solltest du einmal meiner Grobheiten zum Trotz diesen Schritt erwägen, so nicht in der alten und abwertenden Berufsbezeichnung Hetäre, sondern als Gattin eines reuigen Ernestos."

Antigone ließ den Brief sinken und zugleich spürte sie, dass ihre Beine weich wie Teig wurden. Sie musste sich setzen. Die Wurzel der Trauerzypresse bot ihr einen Platz. Hier fand Damaris sie nach einer Weile.

„Antigone, was ist geschehen? Bringt der Brief Hoffnung und Trost oder Rechtfertigung und endgültige Trennung?"

Antigone konnte nicht sogleich antworten, so benommen war sie.

„Wo sind die Männer?", stammelte sie.

„Gegangen. Sie mussten noch mit einem zweiten Brief zum Areopag."

„Also werde ich nicht angeklagt. Ich kann es noch gar nicht richtig begreifen."

„Gott sei Dank! Es waren hoffentlich Boten der Freude."

Antigone nickte und zugleich spürte Damaris, wie der Freundin ein schweres Gewicht von der Seele fiel. Den Brief, den sie noch immer mit einer Hand umklammerte, wollte sie weiterreichen. Aber Damaris lehnte ihn ab.

Das Haus wuchs langsam. Der Grund war ausgehoben, bildete eine klar abgegrenzte Grube, überzählige Grasstücke lagen zu einem Hügel geschichtet abseits. Auch wenn Damaris sehr damit haderte, wurden Sklaven für die Arbeit eingesetzt. Die Sklaven mischten Sand, Stroh und Speis, pressten die Masse in Formen und lagerten die so entstandenen Steine auf Plätzen, an denen die Sonne den ganzen Tag über der Stadt stand. Dionysios Areopagites wachte, sooft er die Zeit fand, über der Baustelle, er beriet sich mit dem Vorarbeiter und seiner Mannschaft, lobte, hörte zu, nahm Vorschläge entgegen und sparte nicht mit Anerkennung. Sechzehn Räume würde das Gebäude enthalten, sechzehn Plätze für Menschen mit rauen Händen, mit rissiger Haut und müden Augen. Hinzu kamen Küche, sanitäre Einrichtungen, ein Behandlungsraum für Kranke. Ein Bekannter von Dionysios war Arzt.

„Er ist zwar nicht so berühmt wie Hippokrates, aber seine Kunst wird allgemein anerkannt. Er kommt jede Woche einmal vorbei, um seine Sprechstunden abzuhalten."

Dies waren glückliche Aussichten; sie brauchten jedoch viele Mitstreiter. Das Haus benötigte Personal, Pflegekräfte, Köchinnen, Helfer in Küche und Garten. Würde Damaris unter den Sklaven ihr Personal finden? Die Griechen waren dafür bekannt, dass sie Kriegsgefangene versklavten und die Opfer von Piraten und fremden Sklavenhändlern kauften. Sklaven waren grund-

sätzlich rechtlos, ihre Lebensbedingungen erwiesen sich als recht unterschiedlich. Waren Fachkräfte unter den Sklaven, so lebten sie fast wie Freie, ohne deren Status erwerben zu können. Selbst die griechischen Philosophen, zumeist gelehrt und aufgeklärt, rechtfertigten die Sklaverei mit der natürlichen Überlegenheit der männlichen freien Gesellschaft und hielten ein Leben ohne Sklaven für nicht vorstellbar.
Damaris wusste, dass sie bei Paulus kein Gehör finden würde, wenn sie ihn über die personelle Ausstattung des Hauses ins Bild setzte. Für ihn gab es keine Sklaven, auch wenn ohne sie das Haus unter Personalnot leiden würde. Er akzeptierte es nicht, dass manche Menschen nicht die Freiheit der Christen genossen. Was also tun?
Die Wochen zogen sich hin, je nachdem, was es zu tun gab, mal träge wie das Kriechen einer Schnecke, dann schnell wie der Sprung eines Hasen, der von einem Fuchs verfolgt wird. Damaris traf sich regelmäßig mit Dionysios an der Baustelle, die langsam die zukünftige Gestalt des Gebäudes verriet.
„Das wird ein wunderbares Haus“, ahnte sie, „und die Freude, hier zu arbeiten, wächst mit jedem Tag. Die Sorge um die Beschäftigten freilich ebenso. Was sollen wir nur tun, wenn Paulus keine Sklaven kennt und auch wir aus Nächstenliebe ihren Status nicht dulden können?“
Dionysios war der Stand der Sklaven, wonach sie Eigentum ihrer Herren waren, die über sie nach Be-

lieben verfügen konnten, schon längere Zeit ein Dorn im Auge.
„Habe ich dir nicht zugesichert, mehr Geld für ihre Arbeit auszugeben?“, fragte er. Es war möglich, dass Sklaven Geld ansparten, um sich freizukaufen.
„Selbst wenn wir ihnen gestatten, durch den Verdienst, den sie hier erwerben, im Laufe der Jahre die Freiheit zu erlangen, versündigen wir uns gegen die christliche Lehre. Als Erstes müssen wir ihre Gleichstellung mit frei geborenen Männern erreichen. Das wird schwer werden.“
Damaris war froh, dass sie solche Entscheidungen nicht allein fällen musste. Ihre Eltern hielten sich aus der Diskussion darüber heraus. Sie waren dankbar, dass sie als eingewanderte Bürger mit solchen Schwierigkeiten nicht mehr konfrontiert wurden.
„Ich kenne einen Sklaven, der ein eigenes Geschäft betreibt und seinem Herrn bloß eine feste Abgabe entrichten muss“, erinnerte sich die junge Frau.
„Das ist keine Geschäftsbasis.“ Dionysios schüttelte den Kopf. „Das Grundproblem bleibt: Wir müssen Sklaven anheuern und ihnen zuvor die Freiheit erkaufen. Das ist kein leichter und dazu sehr kostspieliger Weg. Und wir können ihnen auch das Christentum nicht aufdrängen. Unser Vorbild muss sie überzeugen.“
Sklaven anheuern. Die Worte stockten auf Damaris’ Zunge. Erst nach einer Weile brachte sie hervor: „Denkst du an dein Versprechen?“

Dionysios lächelte. „Ich habe dir zugesichert, die Bauleute zu bezahlen. Deshalb habe ich einen Teil meines Erbes dafür vorgesehen. Ohne diese Mitgift sähe unsere Zukunft düster aus.“

Die Stoa von Attalos war eine 116 Meter lange Kolonnade, die aus zwei Stockwerken bestand. Nebenan lag der Sklavenmarkt. Auf Podesten und Bühnen priesen die Händler ihre menschliche Ware an. Die Sklaven standen zwischen Vieh und anderen Handelswaren. Die Sklavenhändler waren oft Metöken, in Athen dauerhaft lebende Fremde, die kein lokales Bürgerrecht besaßen. Sie zeigten sich geschäftstüchtig und verstanden zu handeln. Der Preis für einen Sklaven lag zwischen 100 und 300 Drachmen, manchmal sogar darüber. Zwischen Männern und Frauen gab es keine Unterschiede, es kam auf individuelle Fähigkeiten an. Die Käufer fragten nach ihrer bisherigen Beschäftigung, ihren Talenten und besonderen Fähigkeiten. Dionysios Areopagites verzichtete darauf, die Gliedmaßen der „Ware“ zu betasten oder ihr in den Mund zu greifen, um anhand des Gebisses Alter und Gesundheit zu prüfen, was die Verkäufer mit spürbarer Begeisterung und erprobtem Geschick taten. Damaris wandte sich ab. Eine solch entwürdigende Behandlung von Menschen konnte sie nicht ertragen.
Einer der Händler wollte Dionysios zusätzlich eine

Peitsche verkaufen, um die Unfreien besser in den Griff zu bekommen, wie er sich ausdrückte.
„Aber nur wenn ich sie an dir ausprobieren darf", schmetterte Dionysios ihm entgegen.
Der Gebäudekomplex in der Karameikosstraße bot inzwischen so viel Raum, dass die Sklaven hier mit untergebracht werden konnten. Damaris und Dionysios nannten sie fortan Brüder und Schwestern, was zunächst zu großer Verwirrung unter ihnen führte, denn einmal war ihnen diese Bezeichnung ungeläufig, zum anderen konnten sie die damit einhergehende Wertschätzung nicht sofort mit ihrer Situation in Einklang bringen.
In der Regel nahmen Sklaven die Religion ihrer neuen Besitzer an, durften aber ihre gewohnte Götterwelt weiter verehren. Sie wunderten sich, dass ihnen hier niemand Vorschriften machte. Erst allmählich offenbarte Damaris ihnen das Leitmotiv ihres Handelns.
„Wir beherbergen hier keine Adligen, keine reichen Athener, keine privilegierten Leute, sondern Menschen wie ihr, die das ganze Leben schwer gearbeitet haben und nun von ihren Mühen ausruhen dürfen. Auch kranke und behinderte Frauen und Männer sollen hier ein Zuhause finden, wenn sie anderswo nicht versorgt werden können." Dieser Grundgedanke christlicher Nächstenliebe war schwer zu vermitteln. Die Sklaven kannten niemanden, der sich ihrer so mitfühlend angenommen hätte, noch waren sie darauf vorbereitet, anderen diese Dienste zu erweisen.

Die Geschichte von Philemon und Baucis erschien Damaris wie eine Brücke zwischen ihrer bekannten Götterwelt und den Mysterien des Christentums. Sie kannte die Geschichte aus Ovids „Metamorphosen“. Dort erzählte er vom Besuch Gottvaters Zeus und seines Sohnes Hermes in einer Stadt in Phrygien. Beide taten so, als seien sie erschöpft, als brauchten sie einen Platz zum Ausruhen. Die reichen Phrygier, die die Gottheiten nicht erkannten, verweigerten ihnen jedoch die Aufnahme. Allein das alte Ehepaar Philemon und Baucis, das in einer ärmlichen Hütte am Stadtrand lebte, gewährte ihnen Gastfreundschaft und Schutz und bewirtete sie mit dem wenigen, das sie hatten. Da sich der Weinkrug auf wundersame Weise immer wieder von allein füllte, erkannten die beiden, dass ihre Gäste Götter waren, denen sie ihre einzige Gans opfern wollten. Dieses Opfer wollten Zeus und Hermes nicht annehmen. Sie forderten die Gastgeber auf, mit ihnen zu gehen, um der Strafe für die ungastliche Stadt zu entkommen. Von einem Berg aus mussten Philemon und Baucis erschüttert mit ansehen, wie die Stadt in einem Sumpf versank. Nur ihr Häuschen blieb verschont und verwandelte sich vor ihren Augen in einen Tempel von Gold und Marmor.

„Ihr habt einen Wunsch frei. Bitte, sagt ihn mir und er wird in Erfüllung gehen“, versprach Zeus.

„Wir möchten als Priester unser Leben lang dem Tempel dienen und gleichzeitig sterben. Keiner von uns soll am Grab des anderen stehen müssen", wünschten sich Philemon und Baucis. So geschah es. Sie versahen ihren Dienst, bis sie im hohen Alter am Tag ihres Todes auf den Stufen des Tempels in eine Eiche und eine Linde verwandelt wurden.

„Dieses Gleichnis von der Gastfreundschaft ist eine Kernaussage des Christentums", versuchte Damaris ihrer Zuhörerschaft zu vermitteln. „Wer für andere eintritt, ihre Sorgen bemerkt, ihnen Gutes tut, gibt ein Beispiel christlicher Nächstenliebe. Natürlich gab es schon vorher das Gebot der Gastfreundschaft, zum Beispiel in der Geschichte von der Begegnung Abrahams mit den Engeln im Hain von Mamre. Gott, der Herr, erschien Abraham, während er am Eingang seines Zeltes saß und der heiße Tag ihn ermüdete. Als er aufblickte, standen drei Männer vor ihm. Abraham stand auf, ging ihnen entgegen und verneigte sich. ‚Herr, hab ich Gnade gefunden vor deinen Augen', rief er, ‚so geh nicht an deinem Knecht vorüber. Ich werde euch ein wenig Wasser bringen, eure Füße zu waschen. Und dann lasst euch nieder unter dem Baum. Ich will euch einen Bissen Brot bringen, damit euer Herz sich labt. Danach mögt ihr weiterziehen. Denn darum seid ihr bei eurem Knecht vorübergekommen.' Die Männer bedankten sich und sprachen: ‚Tu, wie du gesagt hast.' Abraham eilte in das Zelt zu seiner Frau Sara und sagte: ‚Eile und menge drei Maß feines Mehl, knete es und backe Brote.' Darauf lief er zu den Rindern und holte ein zartes, gutes Kalb, gab's dem Knecht, der es

schlachtete und zubereitete. Und Abraham trug Butter und Milch auf und setzte es den Männern vor. Er blieb stehen, sah ihnen zu, wie sie unter dem Baum saßen und aßen.
Da sprachen sie zu ihm: ‚Wo ist Sara, deine Frau?'
Er antwortete: ‚Drinnen im Zelt.'
Da hörte er, wie Gott sprach: ‚Ich will wieder zu dir kommen übers Jahr; siehe, dann soll Sara, deine Frau, einen Sohn haben.'
Das hörte Sara hinter der Tür des Zeltes. Abraham und Sara waren hochbetagt, sodass Sara nicht mehr an eine Schwangerschaft glauben konnte. Darum lachte sie und sagte: ‚Nun, da ich alt bin, soll ich noch Liebeslust erfahren? Auch mein Herr ist alt!'
Da fragte Gott den Abraham: ‚Warum lacht Sara und zweifelt, ob sie wirklich noch gebären könne, weil sie alt sei? Sollte dem Herrn etwas unmöglich sein? Um diese Zeit will ich übers Jahr wieder zu dir kommen; dann soll Sara einen Sohn haben.' Da leugnete Sara und sprach: ‚Ich habe nicht gelacht', denn sie fürchtete sich. Aber Gott antwortet: ‚Du hast gelacht.'"
Von solchen Beispielen waren die heiligen Schriften voll. Damaris kannte sie nur auszugsweise, denn wie hätte sie in der Kürze der Zeit mit Paulus sich mehr merken können als so wichtige Szenen, die von Mitmenschlichkeit und Nächstenliebe berichteten? Sie kannte den Kern der christlichen Botschaft und versuchte, ihn im Alltag umzusetzen. So leitete sie die Schar der Mitchristen an und sie lebten nach ihrem

Beispiel. Sahen sie einen Sklaven, der schwer an seiner Last trug, so trieben sie ihn nicht an wie sein Besitzer, sondern halfen ihm ein Stück bergauf, bis der Weg sich wieder ebnete. Oder sie schoben die Karre der ermüdeten Sklavin mit der gewaschenen Wäsche einige Hundert Ellen, damit sie sich in der Zwischenzeit etwas erholen konnte. Solche kleinen Liebesdienste fanden ein Echo, wurden Gesprächsstoff der Unfreien, und man fragte sich: Wer sind diese Menschen, die sich Christen nennen? Man fand bald heraus, wo sie sich trafen: im Hauses Mários', des Zeltmachers. Der sah sich bald wieder einem Ansturm von Menschen ausgesetzt.

„Muss ich bald wieder ans Renovieren denken, weil mir die Leute die Räume belagern?" Wenn er dann das lächelnde Gesicht Damaris' sah, schluckte er den zweiten Satz seines Protestes hinunter. Zudem verpflichteten die Sklaven sich, jeden nur erkennbaren Schaden auszubessern, denn es gab tüchtige Handwerker unter ihnen.

Die Versammlungen geschahen weiterhin regelmäßig, ihre Zahl nahm zu und sprengte bald alle Räumlichkeiten. Die schönsten Plätze bot an heißen Abenden der Gartenbereich, denn tagsüber hatte die neue Schar der Sklavinnen und Sklaven keine Gelegenheit, sich Damaris' Erzählungen anzuhören. Jedes ihrer Worte erschien ihnen wie Balsam, wie heilsame Salben und wohlduftende Öle, die der Seele guttaten und die Wunden an Körper und Seele heilten.

Inzwischen war vielen Besitzern der Sklaven nicht entgangen, dass eine spürbare Unruhe unter ihren Bediensteten um sich griff. Einige Feudalherren befürchteten, dass sich ein Aufstand ankündigte, andere wiederum vermuteten harmlosere Ursachen. Sie beschlossen, dass eine Person ihres Vertrauens der Sache auf den Grund gehen sollte. Ajax war neugierig, verschwiegen, erkannte einen Bartgeier noch in tausend Meter Höhe und hörte die Mäuse im tiefen Laub rascheln. Er musste sich nicht verstecken, sondern mischte sich, bekleidet mit der ausgebleichten Tunika eines Sklaven, unter die Christen.

Ajax hörte sich die Vorträge an, aber auch die Gebete, die so ganz anders klangen als die, mit denen die ihm bekannte Götterwelt bedacht wurde. Dieser Jesus, von dem immer wieder die Rede war, war eine greifbare und hochverehrte Gestalt ohne Makel, ohne Launen und Zerwürfnisse wie bei den griechischen Göttern. Warum rief man Zeus und seine Mannschaft an, die doch ständig im Streit miteinander lagen und sich um menschliche Schicksale und Probleme nicht sorgten? Jedenfalls erfuhr man nur scheinbar eine Hilfe vom Olymp.

Ajax erwies sich als schlechter Berichterstatter. Was er zu sagen wusste, erfüllte die Erwartungen seiner Auftraggeber nicht. Keine Gefährdung vonseiten der Sklaven, keine Rede von einem Aufstand, von Unruhestiftern und Quertreibern. In der Versammlung herrschte eine Harmonie, die ihresgleichen suchte,

und ein geschwisterlicher Zusammenhalt, den es sonst nirgendwo gab.
„Du scheinst von deinem Ausflug recht beglückt zurückgekommen zu sein“, meinte Tarasios, einer der kritischen Adligen, der einen möglichen Aufstand seines Dienstpersonals fürchtete. Wenn man es recht kritisch besah, waren die Christen auf den ersten Blick zwar eine friedliche Gemeinschaft, aber nach seinem Gefühl und Eindruck war diese Harmonie nur vorgetäuscht, um im Hintergrund eine Erhebung anzuzetteln. Tarasios beschloss, Ajax nicht zu einfach aus der Verantwortung zu entlassen.
„Man hat ihm in der Runde den Kopf verdreht oder mit Rauschmitteln gefügig gemacht, sodass er nur Positives über die Christen aussagen konnte“, mutmaßte er. Tarasios hatte Freunde bei Gericht. Sie luden Ajax vor und forderten eine objektive Stellungnahme. Ajax wiederholte, was er schon einmal zu Protokoll gegeben hatte, und blieb auch im Kreuzverhör bei seiner Meinung.
„Höre, besinn dich in aller Ruhe auf alles, was du gesehen hast, was dir aufgefallen ist und was du von den Christen hältst.“
„Was ich gesehen und gehört habe, habe ich nicht verschwiegen“, rechtfertigte sich Ajax. „Dem ist nichts hinzuzufügen.“
Tarasios gab sich mit der Erklärung nicht zufrieden. Doch er wurde eines Besseren belehrt: Schwärmerische Ausführungen seien kein Grund für eine Verfol-

gung durch die Justiz. Wieder auf freiem Fuß, fasste Ajax den ernsthaften Entschluss, sich von Damaris taufen zu lassen und sein Leben den christlichen Lebensvorstellungen anzupassen. Zu jener Zeit ließen sich ganze Hausgemeinschaften taufen. Die Hinwendung des Familienoberhauptes zum Glauben schloss das ganze Haus samt Kindern und Sklaven mit ein. Allerdings wurde ein solcher Schritt nicht spontan, sondern erst nach vorhergegangener Unterrichtung und Belehrung vollzogen. Die Menschen, welche getauft wurden, blieben die von Gottes Gaben Beschenkten; sie sollten sich in ihrer Lebensführung stets daran erinnern oder erinnern lassen.

Griechenland erlebte einen Zuzug von Juden aus Judäa. Die Römer herrschten dort unnachgiebig mit Macht und Strenge gegen die Juden, die das Joch der Besatzung nicht abschütteln konnten. Mit den Neubürgern kam auch ihre Religion, darunter die ersten Jesus-Anhänger, an den Peloponnes. Die griechische Kultur – Kunst, Architektur, Literatur und Philosophie – durchdrang alle Lebensbereiche der neuen Generation. Das Wort des Dichters Horaz: „Griechenland, eben bezwungen, bezwang den barbarischen Sieger", womit er auf die Eroberungszüge Alexander des Großen angespielt hatte, machte die Runde. Zu Anfang widersetzten sich die Juden zwar

stoisch dem für sie neuen Heidentum der Hellenen, doch sie konnten nicht verhindern, dass deren Kultur in vielen Bereichen auf sie abfärbte. Griechisch war die Verkehrssprache, Griechisch die Schrift. Für die Ausbreitung des Christentums wurde sie bedeutend. Paulus verfasste seine Briefe in griechischer Sprache, doch die meisten der Anhänger Jesu beherrschten sie nicht. Die Juden in der Diaspora Griechenlands und der umliegenden Länder sprachen weiter ihr Hebräisch, allerdings wurden sie immer mehr mit der griechischen Sprache vertraut. Manche Juden reisten zu den Hochfesten nach Jerusalem. Dennoch verloren sie mit der Zeit ihre ursprüngliche Muttersprache. Es waren Gelehrte in Alexandria, die sich die „Septuaginta" als bahnbrechende Errungenschaft zu eigen machten. Die Septuaginta ist die älteste durchgehende Übersetzung der hebräisch-aramäischen Bibel in die altgriechische Umgangssprache. Die Septuaginta erwies sich als Schlüssel, der die Tür zu den Schätzen des Hebräischen aufschloss und zugleich den Zugang zu Gottes Handeln in der Welt freilegte.
Paulus Rede auf dem Areopag war ein Meilenstein in der Ausbreitung des Christentums gewesen. Erst allmählich wurde klar, was sie bewirkt hatte und welche Folgen daraus entstanden. Ein wichtiger Schritt war die Erkenntnis, dass es in Gottes Augen „weder Jude noch Grieche" gab, denn auch Nichtjuden konnten laut Paulus nach Gottes Wort selig werden.
Erst im Nachhinein wurde klar, welche Bedeutung

die Rede des Paulus hatte. Die Stoiker stimmten mit ihm darin überein, dass das Leben von Gott stammte, dass Gott nicht fern von der Menschheit existierte und alles Leben sogar noch nach dem Tod von ihm abhing. Auch die Epikureer erkannten einige Gemeinsamkeiten mit der Lehre des Apostels. Gott sei auf die Menschheit nicht angewiesen und benötige nichts von anderen. Allerdings fanden die Epikureer an Paulus Ansichten über die Auferstehung und das Endgericht keine Übereinstimmung mit ihrer Lehre.
In Athen hörten Damaris und ihre Anhängerschar immer wieder von Briefen, die Paulus an die griechischen Städte oder die stark hellenistisch geprägten römischen Kolonien richtete. Sein ausgezeichnetes Griechisch würzte er mit Bildern und Gleichnissen aus dem Alltagsleben und der Kultur der Griechen. Allerdings fanden die Moralvorstellungen und religiösen Ideale des Griechentums in seinen Schreiben keinen Platz. Den Menschen „von allen Arten alles zu sein“ war eine Forderung an sich selbst, die nur schwer zu erfüllen war. „So bin ich den Juden wie ein Jude geworden, um Juden zu gewinnen“, schrieb er. Den Griechen war er ein Grieche. Als jüdischer Bürger römischen Rechts in einer hellenistischen Stadt brachte er die besten Voraussetzungen für seine Missionsarbeit mit.
Damaris folgerte: „Wer nach Christus verlangt, ganz gleich, welche Herkunft er hat und welcher Gesinnung er ist, ist willkommen. Es gibt Leute, die ins

Judentum übertreten, sie lassen sich beschneiden und werden Proselyten. Andere bekennen sich zu bestimmten Formen des Judentums, ohne zu konvertieren. Sie erscheinen bei uns als ‚Gottesfürchtige'. Hat Paulus sie nicht in einer Synagoge in Antiochia als ‚Männer, Israeliten und ihr anderen, die ihr Gott fürchtet' angesprochen?" Der Apostel traf in Kleinasien und Griechenland auf viele „Gottesfürchtige", die sich den Juden zugesellt hatten.

Wie sollte Damaris Nachrichten an den Apostel schicken und von ihm zurück in Athen empfangen? Die Entfernung war groß! Dionysios Areopagites, immer wieder um Rat gefragt, um mit dem Apostel in Verbindung zu bleiben, wusste zwar, wie man politische Schreiben beförderte, doch religiöse Schriftstücke gehörten nicht zu seinem Geschäft. Das Postwesen lag in Athen noch lange im Argen. Es gab „Tagläufer", Hemerodromen" genannt, die gut zu Fuß und manchmal schneller als Boten zu Pferd waren, weil sie in unwegsamem Gelände besser vorankamen als ein Reittier. Privatbriefe warteten lange auf Beförderung. Die Zusteller machten sich Knoten ins Taschentuch oder führten Knotenschnüre und Kerbhölzer mit, um sich die richtigen Adressen zu merken. Man hatte Glück, wenn Freunde unterwegs waren und die Post mitnahmen.

Anders in Rom: Hier hatte Kaiser Augustus das Postwesen zur Chefsache erklärt. Soweit möglich, erreichten die Sendungen per Schiff den Adressaten. An Land waren wie in Griechenland Zusteller per Pferd oder zu Fuß unterwegs. In geraumen Abständen sorgten Mansios, Post- und Raststationen, für Pferdewechsel und Notunterkünfte.
Manchmal gelang es Dionysios, wichtige Briefe als Staatspost zu deklarieren und sie dem „Tagläufer" mitzugeben, doch für viele Sendungen kam diese Art der Zustellung nicht infrage, denn es gab Kontrolleure, die mal lasch, mal konsequent ihrer Aufgabe nachgingen.
Einmal gelang ein solcher Brief in die Hände von Lycidas, dem Oberkontrolleur für die Briefpost. Das Schreiben war ihm verdächtig vorgekommen, denn es trug nicht das gewohnte Siegel der Aufgabestelle. Als er das Kuvert öffnen ließ, enthielt es dreißig Namen jüngst getaufter Christen, Adlige, Staatsbürger, Handwerker, Freie und Sklaven. Dass es sich hier um Personen religiöser Neuorientierung handelte, fiel weiter nicht ins Gewicht. Wohl aber erregte die Zusammensetzung nach Rang und Würde der aufgeführten Menschen Ärgernis. Denn sie alle gleichsam in einen Topf zu werfen, widersprach ihrer unterschiedlich großen Wichtigkeit und Wertschätzung. Sklaven hätten, wenn überhaupt, gesondert aufgeführt werden müssen. Freie konnten sich beschweren, mit Unfreien in einer Liste zu stehen.

Lycidas bestellte Dionysios ein; auch ein Richter des Areopag konnte wegen seiner Versäumnisse angeklagt werden.
„Du hast einen groben Fehler gemacht", empfing ihn der Oberkontrolleur. „Du weißt, dass dich dieser Brief den Richterstuhl kosten kann. Denn du wirst kein Recht mehr sprechen, solange die Affäre Gegenstand der Ermittlungen ist. Und was dann geschieht, wissen die Götter."
Dionysios verneigte sich scheinbar reumütig vor Lycidas. „Du hast recht", bekannte er. „Ich werde keiner Gerichtsverhandlung mehr vorstehen können, solange ein gewisser Oberkontrolleur für die Post sich abends in das Haus des Hippolytos schleicht, wenn der Gatte außer Haus ist. Ich nehme nicht an, dass er mit der Gattin dieses ehrenwerten Mannes den Göttern huldigt, oder irre ich mich? Cynthia soll eine außergewöhnlich schöne Frau sein."
Lycidas erbleichte. Die Antwort erstarrte auf seinen Lippen. Er nahm den Brief, schloss das Kuvert und warf ihn in den Korb für abgehende Post. „Ein Irrtum", sagte er nur. Dann verließ er den Raum. Wenn das Verhältnis offenbar würde, drohte ihm eine harte Strafe. Dionysios konnte sicher sein, dass seine Post in Zukunft bevorzugt abgefertigt wurde. Aber waren unlautere Praktiken wie diese Erpressung gerechtfertigt, um Vorteile für christliche Belange zu erzielen? Soweit Dionysios von Jesu Reden gehört hatte, hätte der Gottessohn solche Methoden sicher verworfen.

Aber heiligte der Zweck nicht die Mittel? Damaris lächelte, als Dionysios, ohne Lycidas zu erwähnen, von der Postsendung erzählte. Aber ihr Lächeln war nicht echt. Paulus hätte sicher wie Christus entschieden.

Der Sommer gab her, was er an Hitze aufbieten konnte. Sogar die Johannisbrotbäume, die doch die Trockenheit gut vertrugen, ließen die Blätter hängen. Der Fluss Kifisos in der Ebene von Athen büßte die Hälfte seines Wassers ein, die Gärten drohten sich in Staubwüsten zu verwandeln. In diesen Tagen wurde das Haus für die Alten und Kranken bezugsfertig. Damaris und Dionysios hatten aufgeboten, was sie zum Wohlbefinden der ersten Bewohnerinnen und Bewohner beitragen konnten. Auch Georgios war spendabel gewesen, schließlich konnte er dem Sohn nichts abschlagen, seit der sich mit Nachdruck aus christlicher Gesinnung für Menschen in Not engagierte. Georgios wusste wohl, dass dieser Missionar namens Paulus einen Teil der Bewohner Athens in Unruhe versetzt hatte, seiner Lehre jedoch gedachte er nicht zu folgen, und folglich erwog auch Corinna, seine Frau, einen solchen Schritt nicht.
„Die Aufnahme ins Haus muss ohne Vorbedingungen geschehen“, erklärte Damaris. „Ausschlaggebend ist der körperliche Zustand der Menschen, nicht ihre Religion.“

Lascarina wunderte sich über die Großherzigkeit dieses Denkens. Sie sollte die Hauswirtschaft übernehmen mit Küche und Keller, dazu den Gemüsegarten. Corinna überließ ihrem Sohn Dionysios drei ihrer besten Sklavinnen. Am Tag vor der offiziellen Eröffnung malte Nikos das Wort „Agape“ in Großbuchstaben über die Haustür. Von christlicher Liebe sollte das Leben in diesen Räumen geprägt sein. Vonseiten der Stadt erwartete man niemanden zur Einweihung. Das Projekt war für die, die Zeus und seine Gefolgschaft verehrten, zu unbedeutend, ja, nebensächlich. Die Grundidee, Sorge für alleinstehende und alte Menschen, fand jedoch Rückhalt bei vielen Unfreien und Sklaven. Die junge Christengemeinde kam, empfahl Menschen, die sich hier wohlfühlen sollten, bot zugleich aber auch Unterstützung an.

Im letzten Halbjahr war viel geschehen, sodass Damaris und Jonas sich nur ein Mal von Ferne gesehen und einen flüchtigen Gruß ausgetauscht hatten. Jonas wusste, auf welche Verpflichtungen sich die junge Frau eingelassen hatte, und so war es nicht zu einer weiteren Begegnung gekommen. Dieser Paulus hatte ihr den Kopf verdreht, so sein erster Eindruck, doch dann war so viel Energie, gestalterische Kraft und schöpferisches Engagement von ihr ausgegangen, dass er sich nur wundern konnte. Sie war aus ihrer Passivität als Frau im Hause herausgetreten und hatte Dinge in Angriff genommen, für die Frauen eigentlich nicht zuständig waren und was auch kaum als schicklich gelten konnte. Die Athener Frauen waren hellhörig, wenn von Damaris die Rede war, und ihre Kyrios, ihre Besitzer und Ehemänner, runzelten schon mal die Stirn, wenn sie von den neuesten Dingen hörten, die sie in Angriff nahm.

Eines Tages wartete Damaris an der Markthalle auf ihren alten Freund. Jonas erschien, das wusste sie, zu bestimmten Stunden, um Ware abzuladen oder einzukaufen.

„Was suchst du denn hier?", begrüßte er Damaris und schüttelte ihr die Hand. „Hast dich doch erinnert, dass sich hier ein alter Verehrer von dir herumtreibt?"

„Was ich suche? Dich!"

„Keine Verwechslung?"

„Nein. Keine Verwechslung."

„Bist berühmt geworden, Damaris."

„Ich bin Christin, der Apostel Paulus war mein Lehrmeister."

„Ich weiß. Fluche dem König auch nicht in Gedanken und fluche dem Reichen nicht in deiner Schlafkammer; denn die Vögel des Himmels tragen die Stimme fort, und die, die Fittiche haben, sagen's weiter."

Damaris lachte. „Das steht im Buch Prediger. Ich habe es mir gemerkt. Du bist ein Philosoph geworden, was?"

„Nein, ich habe Achtung vor dem, was du bewegst. Du bist ja bald der Mittelpunkt von Athen!"

Damaris machte eine abwehrende Handbewegung. „Genau das möchte ich nicht sein. Ich möchte still und unauffällig etwas tun, was benachteiligten Menschen zugute kommt."
Sie erzählte von „Agape", dem Haus mitmenschlicher Liebe, bis Jonas sie unterbrach.
„Ich weiß doch, was sich am Ende der Karameikosstraße tut. Ein schönes Haus mit einem edlen Ziel. Du hast einen wunderbaren Ersatz für Dionysios Areopagites gefunden."
„Er ist kein Ersatz, er ist ein Verbündeter. Ohne ihn hätte ich den Bau nicht planen und vollenden können. Und jetzt möchte ich dich ins Boot holen."
„So?"
„Ja, als Hausmeister sozusagen. Du hast technisches Verständnis und handwerkliches Geschick. Du wärst der rechte Mann für uns."
„Ich bin aber kein Christ."
„Das musst du auch nicht sein. Überlege es dir gut, sprich mit deinen Eltern – und dann komm."
Jonas antwortete nicht. Nachdenklich und ohne Abschiedsworte ging er, bis der „Bauch von Athen" ihn verschluckt hatte. Damaris sah ihm erwartungsvoll nach.

Es entging Klio nicht, dass ihre Tochter Damaris wieder einmal erschöpft und erholungsbedürftig war. Diesmal konnte sie sie nicht zu den Großeltern schicken, denn Achaios und Admete waren inzwischen gestorben. Zunächst wollte die Tochter von einer Erholungspause nichts wissen, es gäbe zu viel zu tun und sie könne den häuslichen Betrieb auch für einen kurzen Zeitraum nicht verlassen. Erst als der Vater Zenon mit Bestimmtheit sagte, niemand sei unentbehrlich und unersetzbar, lenkte sie ein. Dass die Arbeit zunahm und viel Kraft kostete, war nicht von der Hand zu weisen. Die Anforderungen häuften sich, und in mancher Nacht blieb Damaris ohne den stärkenden Schlaf, weil die Sorgen sie nicht verlassen wollten. Sie überlegte, ob sie die Erholungspause allein oder in Begleitung antreten sollte, schließlich entschied sie sich fürs Alleinsein. Zunächst dachte sie an den Wald, den sie in Kindertagen so gern aufgesucht hatte. Vieles, wusste sie, hatte sich verändert, aber die Wege, die sie früher gegangen war, mussten noch vorhanden sein. Wenn man an den größeren Bäumen in die grünen Blätterkronen hinaufblickte, hatte es den Anschein, als trügen sie den wolkenlosen Himmel auf ihren Schultern. Wenn Damaris einst auf dem Rücken lag und hinaufblickte, kam es ihr manchmal so vor, als ständen die Wolken still und die Baumwipfel über ihr trügen Segel und glitten dahin. Hier war ein geheimnisvolles Geben und Nehmen in Bewegung, ein Kreislauf des Lebens, angetrieben durch Wasser. Manche Bäume waren sicher morsch geworden, zusammengebrochen und vermodert. Doch die Lücken blieben nicht leer, son-

dern wurden mit Setzlingen und jungen Pflanzen gefüllt. Hier blieb alles im Fluss. Jeder Wald strahlte Ruhe aus, erzählte von Beständigkeit, von Ausdauer und von Unerschütterlichkeit.
Wenn wir Sorgen und Probleme haben und sie uns dauerhaft belasten, überlegte Damaris, können wir ihnen aus dem Weg gehen. Das ist für Menschen eine Methode, bestimmten Dingen auszuweichen, ohne dass sie allerdings gelöst werden. Ist der Baum in Not, etwa durch Wildverbiss, Pilzbefall oder Holzfäule, so muss er sich den Gefahren stellen, und zwar dort, wo er steht. Dieses Bild, auf Menschen übertragen, könnte eine Hilfe sein und Mut machen. Stell dich den Schwierigkeiten dort, wo sie auftreten. Damaris erinnerte sich an einen mächtigen Baum, der ihr dieses Bild gezeigt und diese Einstellung vermittelt hatte.
Sie wohnte einige Tage bei einer befreundeten Familie ihrer Eltern. Deren Kinder hatten geheiratet und das Elternhaus verlassen und kamen nur selten zu Besuch. So freuten sich die Gastgeber über die Besucherin, auch wenn sie nur kurze Zeit blieb. Betrat Damaris den nahen Wald von der Seite eines kleinen Bachlaufs her, so schoben sich raschelnd und rauschend die großen grünen Blätter der Pestwurz vor ihren Tritten zur Seite. Die letzten zwei Nächte wollte Damaris im Wald verbringen.
Da mich manche Ängste belasten, muss ich versuchen, ihrer hier vor Ort Herr zu werden, ohne mich

zu fürchten, beschloss sie. Die alten Bäume sind erfahrene Krisenbezwinger; ich vertraue ihrem Schutz. Sie wusste zwar, dass einige Schlangen in der Gegend giftig waren und auch Skorpione gefährlich werden konnten. Sie wusste aber auch, dass diese Tiere vor Menschen flüchteten und nur bei Bedrohung reagierten. Doch die Familie Tsantinis riet dringend von einer Übernachtung im Wald ab.

„Zu gefährlich", brachte Herr Tsantinis seine Bedenken auf den Punkt. „Der Wald ist Zufluchtsstätte für Räuber, Wegelagerer, Mörder und anderes dunkle Gesindel. Niemand kann dort für deine Sicherheit garantieren. Aber am Ende unseres Gartens, wo dich eine hohe Mauer vom Wald trennt, dort kannst du dein Lager aufschlagen. Zur Sicherheit gebe ich dir noch Kerberos mit, unseren Wachhund. Er ist in der Regel zwar ganz friedlich, aber wehe, es kommt ihm jemand zu nahe, den er nicht mag."

Die Nacht war mild, die Sterne leuchteten durch die Lücken in den weit ausladenden Baumkronen und rückten den Himmel in Erdnähe. Das Rauschen der Baumwipfel begleitete sie in den Schlaf. Doch dann weckten sie unbekannte Geräusche – stammten sie von Tieren oder von Geistern, oder waren es die Rufe einer auf Hilfe hoffenden armen Seele? Einen Augenblick dachte Damaris daran, sich ins schützende Haus ihrer Gastgeber zurückzuziehen, aber dann trotzte sie der Versuchung und vertraute dem Schutz ihres Hundes. Wenn sie es recht besah, stärkten ihr diese zwei Nächte die Widerstandskraft und schickten sie frohgemut ins Leben zurück.

Kephalos war der Sohn des Gottes Hermes und der Königstochter Herse. Er besaß einen Speer, der unfehlbar sein Ziel fand. Er konnte ihn fortschleudern – und er traf, wen oder was er treffen sollte. Einmal befand sich Kephalos auf der Jagd und vermutete ein wildes Tier in einem Gebüsch. Sogleich warf er den Speer. Aber er traf nicht das Tier, sondern Prokris, seine Frau, die sich hinter den Büschen aufhielt. Zur Sühne für den Tod seiner Frau ertrug er eine dauerhafte Verbannung und nahm auch an einem Kriegszug teil. Damit nicht genug, stiftete er ein Apollon-Heiligtum, und weil er immer noch meinte, seine Tat damit nicht gesühnt zu haben, stürzte er sich von einem Felsen in den Tod.

Diese Geschichte, die Damaris vortrug, blieb nicht ohne Wirkung auf die Zuhörer. Sie hatte es sich angewöhnt, einmal pro Woche an einem der lauen Abende im Garten den Bewohnern des Hauses „Agape“ einen Vortrag aus der griechischen Mythologie zu halten und ihn auf wunderbare Weise mit Jesus in Verbindung zu bringen, dessen Kreuzestod ja auch eine Sühneleistung für die Sünden der Menschen gewesen war.

„Gott hatte dieses Opfer von seinem Sohn nicht verlangt“, betonte sie, „denn Gott braucht keine Opfer.

Was Jesus tat, war freiwillig. Er wollte sicher sein, dass alle Schuld, die die sündige Menschheit auf sich geladen hatte, wirklich und völlig getilgt war."
Wenn Damaris so redete, hörten ihr die Menschen nachdenklich zu. Inzwischen waren in „Agape" die ersten Bewohner eingezogen. Sie hatten sich freiwillig gemeldet, weil es niemanden mehr gab, der sich ihrer im Alter angenommen hätte, oder weil sie durch Freunde auf diese Möglichkeit, den Ausklang des Lebens in Gesellschaft zu verbringen, aufmerksam geworden waren. Lina war nach einem Hausbrand allein aus den Flammen gerettet worden, die übrigen Familienmitglieder hatten einen schrecklichen Tod gefunden. Filomena hatte als einzige betagte Frau in einem Weiler bei Athen die Typhus-Krankheit überlebt und erholte sich seither hier von den Nachwirkungen. Verschiedene Schicksalsschläge führten die übrigen Personen in „Agape" zusammen.
Ein besonderer Bewohner im Haus war der Kapitän a. D. Leonidas, der mehr von der Welt gesehen hatte als die übrigen Gäste. Er war auf Handelsschiffen im gesamten Mittelmeer unterwegs gewesen, hatte Depeschen, Passagiere und Güter aller Art befördert. Leonidas unterrichtete die Mitbewohner gern, wie Güter im Schiff untergebracht waren, wie Amphoren verfrachtet wurden und wie das Schiff auch auf fest im Rumpf installierte keramische Großbehälter mit einem Fassungsvermögen von 2000 bis 2500 Litern zurückgreifen konnte. Allgemein gebräuchliche

Frachter für die Hochseeschifffahrt verfügten über eine Tragfähigkeit von 70 bis 80 Tonnen. Dann gab es auch Schiffe mit einer Tragfähigkeit von 100 bis 150 Tonnen, jedoch auch solche mit einem Fassungsvolumen von 225 bis 500 Tonnen. Schiffe konnten auf längeren Reisen bis zu 600 Passagiere transportieren. Leonidas war auch auf Schiffen dieses Typs gefahren.

Von hoher See und Stürmen erzählte er mit besonderer Leidenschaft. Einmal war er sogar in Seenot geraten und in letzter Sekunde von einem Frachtschiff auf gleicher Route gerettet worden. Er entsann sich eines Passagiers, den er von Athen nach Korinth an Bord genommen hatte. Die Beschreibung passte auf Paulus, den er als großen Mann mit Bart und kraftvoller Stimme beschrieb. Er habe unterwegs nicht viel erzählt, aber was er gesagt habe, sei den Zuhörern tief ins Herz gedrungen, weil viel von Vergebung die Rede gewesen sei und nichts von Rache, von Liebe und Verzeihen und nicht von Vergeltung. Stimmte das alles? Einige Zuhörer meinten, Leonidas habe viel Seemannsgarn gesponnen, andere sagten, die Sache mit der Vergebung könne ihm ernst gewesen sein.

Die Gäste im Haus „Agape“ waren hartes Arbeiten gewohnt gewesen. Jetzt plötzlich ohne Beschäftigung zu sein, kam ihnen ebenso hart vor. Sie schauten auf ihre Hände, die nichts mehr zu tun hatten.

„Ich könnte in der Küche mithelfen“, bot Lina an. „Mit Gemüse, Getreide, Linsen und Bohnen kenne ich mich aus." Filomena war eine Blumen-Närrin. Nicht nur auf der Fensterbank ihres Zimmers entfaltete sie eine duftende Farbenpracht, sie ging auch Lascarina zur Hand, wenn sie im Garten Samen ausstreute und Früchte erntete. Leonidas, der ausgemusterte Kapitän, roch das Meer. Er marschierte einmal die Woche zum Hafen hinaus, um Seeluft zu schnuppern und sich mit Seemännern außer Dienst an alte Zeiten zu erinnern.

Etwas mehr Bewegung kam ins Haus, als eine neue Bewohnerin ihre Spindel samt Rocken mitbrachte. Viel konnte Theokeia damit nicht mehr anfangen, denn ihre Finger waren von der langjährigen Beschäftigung krumm und schmerzhaft. Allein sie vermochte den Faden noch zu drehen, ohne dass er riss. „Warum soll ich diese Dinge in die Ecke stellen?", beschloss sie. „Allein als Schmuckstücke sind sie mir zuwider. Der Faden muss weitergesponnen werden." Sie versuchte es mit der Anfertigung von Kleidungsstücken. Die Kleidung der Menschen in Athen bestand aus Tüchern, die man in verschiedener Weise um den Körper wickelte und festband. Direkt auf der Haut lag das Untergewand, Chiton genannt. Es bestand aus zwei rechteckigen Stoffteilen, die an der Schulter zusammengenäht oder zusammengeklammert waren. In der Mitte war Raum für den Kopf. Männer wie Frauen trugen diesen Chiton, bei den Männern war er kürzer als bei den Frauen, bei denen er bis zu den Knöcheln reichte.

Den Chiton aus Schafwolle, Flachs oder teurer Baumwolle konnte man weiter oder enger tragen. Dazu gehörte ein Gürtel. Die Frauen bauschten den Stoff oberhalb des Gürtels etwas auf, sodass er luftiger wirkte. Darüber zogen sie den knöchellangen Peplos. Das war ein rechteckiger Stoff, der an der Seite offen oder geschlossen sein konnte. Nadeln befestigten ihn an den Schultern.
Selten wurde es so kalt, dass die Männer nach dem langen und rechteckigen Himation aus Wolle griffen. Dieser wärmende Mantel wurde kunstvoll um den Körper geschlungen, wobei die rechte Schulter frei blieb. Die Griechen bevorzugten Tücher aus verschiedenen Materialien mit unterschiedlichen Farben. Manche blieben allerdings einfarbig oder auch weiß. Auch wenn die Mode verschiedene Formen zum Falten und Binden vorschlug, blieb die Grundlage immer gleich und hatte das ganze Jahr über Bestand.

Eines Tages kam Leonidas freudestrahlend vom Hafen zurück. „Ich habe Besuch mitgebracht."
Damaris war nicht im Haus, daher empfing Lascaina den Gast. Es war eine Frau, die mit dem Segler von Korinth eingetroffen war und sich nach dem Haus „Agape" in Athen erkundigt hatte.
„Oh, sind wir schon so bekannt, dass man sogar aus-

wärts von uns Notiz nimmt?", wunderte sich Lascarina. „Dann sind die Christen also wirklich wichtig für die Gesellschaft."

„Mein Name ist Phoebe, ich bin Diákonos, eine Diakonin, und komme aus Kenchreä, das ist ein zu Korinth gehörender Hafenort. Meine Mission kann ich nur Damaris anvertrauen. Ich werde also, wenn es gestattet ist, hier auf sie warten."

Lascarina bot ihr einen bequemen Stuhl im Eingangsbereich des Hauses an und reichte ihr einen Becher Kykeon zu Erfrischung. Damaris und Jonas erschienen bald, beladen mit Gemüse und Früchten. Der „Bauch von Athen" blieb nach wie vor ein willkommenes Ziel für die beiden. Früher waren sie sich hier oft begegnet. Jetzt, da sie zusammenarbeiteten, erledigten sie manche Einkäufe gemeinsam.

„Du hast einen weiten Weg auf dich genommen", begrüßte Damaris die junge Frau. „Sind wir so wichtig, dass du uns persönlich kennenlernen willst?"

Sie setzten sich abseits in eine der duftenden Gartenecken. Damaris schälte eine Orange.

„Was ich zu vermelden habe, betrifft nicht das Haus, sondern dich", lächelte Phoebe. Und während sie einen versiegelten Brief aus der Tasche nahm und Damaris überreichte, erklärte sie: „Paulus hat den Wunsch, dass du Diakonin wirst. Er ist von deiner Sendung überzeugt und deine mit Herzblut geleistete Arbeit hat ihn in seinem Anliegen bestätigt. Ich werde einen zweiten Brief dem Gemeinderat übergeben, in dem Paulus bittet, dich zur Diakonin zu berufen und zu weihen ... Wenn der Gemeinderat dich zur Diakonin ernennt, hast du zunächst die Aufgabe, die Funktion eines Hirten zu übernehmen und die Gemeinde zu leiten. Paulus sagt von dir, du seist ein Beistand geworden für viele, auch für ihn selbst, und eine Dienerin des neuen Bundes, die von Gott selbst befähigt wurde, den Geist, der lebendig macht, den Menschen nahezubringen."

Damaris war sprachlos. Sie konnte nicht antworten. Sie hielt den Brief in der Hand, der bestätigte, was Phoebe gerade gesagt hatte, und starrte auf die vor ihren Augen tanzenden Buchstaben. Sie spürte, wie ihr Herz bis zum Hals hinaufschlug. Das Wort „unwürdig" formte sich auf ihren Lippen, doch Phoebe schüttelte den Kopf.

„Nimm an, was Paulus dir schreibt. Denn er spricht nicht aus sich allein, sondern aus der Fülle des Geistes Gottes."

In dieser Nacht konnte Damaris nicht schlafen. Nach den alten Mysterien ging jetzt die Herrschaft der Welt von Phanes auf Nyx über, die Göttin der Nacht, die den Lärm des Tages dämpfte und die Sterne die Größe des Schöpfers preisen ließ. Die beiden jungen Frauen suchten in den nächsten Tagen manche Gelegenheit, miteinander über ihre Erfahrungen, Berufung und Ziele zu reden.

„Paulus hat Jesus nicht kennengelernt. Aber er kennt seine Worte, seine Botschaft, seine Mission. Er hat genau zugehört, was überliefert ist."

„Ja, ich bedauere sehr, dass wir alles Wissen von Jesus nicht direkt, sondern nur auf Umwegen erfahren“, erwiderte Damaris. „Ich könnte mir denken, dass etwas von seiner Lehre ausgerechnet uns Frauen betrifft.“

„Ja, schade, dass von ihm kein schriftliches Zeugnis erhalten ist.“

Nach geraumer Zeit brach Phoebe zur Heimreise auf. Sie hatte Paulus’ Brief an die Römer im Gepäck, den sie unterwegs an verschiedenen Orten verlesen und den Inhalt erläutern sollte, was bewies, dass der Apostel ihr eine große theologische Kompetenz zugestand. Sie hatte auch Damaris und der Gemeinde in Athen daraus vorgelesen. Besonders die Anfangsworte über den Trost hatten auf Damaris starken Eindruck gemacht: „Gelobt sei Gott, der Vater unseres Herrn Jesus Christus, der Vater der Barmherzigkeit und Gott allen Trostes, der uns tröstet in aller unserer Trübsal, damit wir auch trösten können, die in allerlei Trübsal sind, mit dem Trost, mit dem wir selber getröstet werden von Gott …“

Der Alltag zog wieder ein. Der Stolz über die Auszeichnung der Hausleitung war noch ein paar Tage überall im Haus „Agape“ spürbar. Auch die nichtchristlichen Bewohner hatten etwas von dem Glanz gespürt, selbst wenn sie nicht wussten, was das Amt der Diakonin bedeutete. Sie vermuteten wegen der Art, wie Damaris arbeitete, ihnen herzlich begegnete, mit ihnen sprach, sich nach ihren Wünschen erkun-

digte, dass die Auszeichnung der Lohn für ihre Tätigkeit im Hause war. Inzwischen war „Agape“ ausgelastet. Nur ein Zimmer war noch frei, und Damaris hoffte, dass der Mann einziehen würde, an den sie in den letzten Wochen immer wieder gedacht hatte: Demetrios. Wo mochte er sein? Man hörte in der Stadt manchmal noch von Rhapsoden, die für Privatleute, aber nicht mehr in Theatern auftraten, doch der Name Demetrios war nicht unter ihnen.
Und um eine weitere Person sorgte sich Damaris. Ihre Freundin Antigone hatte nach reiflicher Überlegung auf eine Mitarbeit in „Agape“ verzichtet. Sie wollte es auf einen Versuch ankommen lassen, sich mit Ernestos zu versöhnen und eine gemeinsame Zukunft ins Auge zu fassen. Viel versprach sie sich nicht davon, denn die Schmach, die ihr Freund ihr angetan hatte, saß noch tief in ihrer Seele. Andererseits musste der Brief, in dem er sich als Mann gegenüber einer Frau so erniedrigt und reumütig gezeigt hatte, ihn viel Überwindung gekostet haben. Das durfte Antigone nicht vergessen – und sie vergaß es auch nicht.
Paulus würde in absehbarer Zeit nicht nach Athen zurückkehren. Was man von ihm hörte, waren Briefe, die im Umlauf waren, und sich an bestehende oder neu zu gründende Gemeinden richteten.
In der Tat hörte man in jüngster Zeit von mehreren Briefen des Apostels. Zum Teil befassten sie sich mit theologischen Fragen, doch in erster Linie sollten sie die Gemeinden stärken und sie zur Treue für Chris-

tus ermuntern. Es blieb nicht aus, dass es auch zum Streit über verschiedene Auffassungen von dem kam, was Paulus gelehrt oder geschrieben hatte. Er beschwor die Gemeindevorsteher, die Einheit der Lehre und die Liebe zueinander zu wahren. Er kannte die Situation in den einzelnen Gemeinden aus Besuchen oder Berichten. Oft fielen seine Empfehlungen und Antworten nicht kurz und einfach aus. Der Missionar sah die Menschen oftmals in einer kritischen Lage. Allein konnten sie nicht zum ewigen Heil gelangen, sondern sie mussten geleitet werden. Dazu hatte Gott ihnen aber Heilswege eröffnet, die allen offen standen. Der Gottesdienst, die Versammlung der Gemeinde waren der Ort der Einheit, in der die Liebe untereinander, in der Verzeihen und Versöhnung erstrebt werden sollten. Hier ist die Kraftquelle für gemeinsames Handeln. Als Geistesgaben und Geschenke erkannte der Apostel Charismen besonderer Art, mit denen Gott die Menschen befähigte, für andere zu sorgen und sie zu stärken. Deshalb hielt er auch die Pflege für kranke, alte, behinderte Menschen für eine Form des Gottesdienstes.

Paulus war unermüdlich tätig. Nicht alles, was er in späten Nachtstunden, auf Reisen oder in den Häusern bekehrter Menschen zu Papyrus brachte, schrieb er selbst. Er musste auch Schüler oder Katechumenen, Taufbewerber, um Hilfe bitten. Ihnen diktierte er, was er den Gemeinden zu sagen gedachte. Paulus schrieb seine Brieftexte in der altgriechischen Gemeinsprache Koine, dem hellenistischen Griechisch seiner Zeit. Sie richteten sich mit Ausnahme des Römerbriefes an von ihm gegründete Gemeinden oder einzelne ihrer Mitglieder. In seinen Briefen stand Jesus Christus mit Lehre und Beispiel immer im Mittelpunkt. Das war besonders nötig wegen der damaligen innergemeindlichen Konflikte, die besonders zwischen Juden- und Heidenchristen zutage traten. Das Urchristentum bestand vor allem aus Christen jüdischer Herkunft. So wie Jesus Christus waren seine Jünger und die erwählten Apostel sowie die Mitglieder der urchristlichen Gemeinden in Judäa meist jüdisch. Ihre Muttersprache war Aramäisch. Nun bekannten sich aber immer mehr Menschen aus dem hellenistischen Kulturkreis zur neuen Lehre. Sie repräsentierten und bewahrten die Theologie des Apostels und wurden später die Hauptquellen für biografische Informationen über ihn.

Es war noch Nacht, aber man spürte bereits den heraufziehenden neuen Tag. Die Luft im Osten flimmerte, als sei sie Wegbereiter der Sonne, die sich bald hinter den Olivenbäumen des Hügels Philopappos erheben und die noch schlaftrunkene Stadt in jungfräuliches Licht tauchen würde. Die Faustschläge am Tor des „Agape“-Hauses wiederholten sich und wurden stärker.

„Schau nach, Jonas!“, rief Damaris, aus ihrer Zimmertür schauend. „Vielleicht ist es ein Notfall!“
Notfall? Wer sollte denn um diese Zeit etwas wollen? Jonas schob den Riegel zurück und erstarrte. Vor ihm lag eine leblose Gestalt.
„Ich habe ihn hier gefunden. Wahrscheinlich wollte er hinein.“ Aus dem Dunkel des Vorgartens trat ein Mann auf Jonas zu und deutete auf die am Boden liegende Person. Jonas hob die Laterne.
„Ach, du bist es, Eusebius.“ Eusebius war Bäcker; seine Backstube lag ganz in der Nähe.
„Ich musste schon früh Backware ausliefern und sah ihn hier liegen.“
Jonas beugte sich vor.
„Es ist Demetrios!“, rief er. „Demetrios!“
Damaris eilte herbei.
„Mein Gott! Nun hat er endlich den Weg hierher gefunden. Und ist tot zusammengebrochen.“
Damaris kniete neben dem alten Schauspieler. Für einen Augenblick faltete sie die Hände. Dann erhob sich sich. „Bringt ihn in den Raum hinter der Speisekammer. Wir müssen uns um ihn kümmern.“
„Da ist nicht mehr viel zu kümmern“, brummte Jonas. Sie schafften die Leiche an die angegebene Stelle. Inzwischen hatte die Unruhe einige Bewohner geweckt. Sie schauten verschlafen aus ihren Zimmern.
„Geht zurück!“, bat Damaris. „Wir werden später reden.“

„Wie alt mag er geworden sein?“, fragte Jonas. „Du hast viel von ihm erzählt.“
„Sechzig, vielleicht auch fünfundsechzig“, erwiderte Damaris. „Ein schönes Alter.“
Sobald das frühe Licht die Häuserecke erreichte, schickte sie Jonas in die Kerameikosstraße.
„Erzähl Dionysios, was sich ereignet hat, und bitte ihn, sobald wie möglich hierherzukommen.“
Dionysios kleidete sich eilig an und erschien schon wenige Minuten später im Haus „Agape“.
„Wir wollen ihm ein ehrenvolles Begräbnis geben, das sind wir ihm schuldig“, sagte Damaris nach der Begrüßung.
In Athen herrschte wenig Ehrfurcht vor dem Alter. Schönheit, Kraft und Jugend galten viel. Krankheit, Alter und Tod hätte man am liebsten aus dem Vokabular gestrichen. Im Gegensatz zu Sparta erfuhren alte Menschen in Athen wenig Respekt. Selbst wenn man die Toten auf ihren Grabmälern bildlich darstellte, befanden sie sich immer im jugendlichen Alter.
Nach der Vorstellung der Griechen löste sich die Seele, die Psyche, im Augenblick des Todes vom Körper, um in das Totenreich, den Hades, zu fliegen. Hier ging es nach den überlieferten Vorstellungen, die sich wesentlich vom Christentum unterschieden, recht freudlos zu. Die Seele, nun körper- und schwereloses Ebenbild – eidolon – des verstorbenen Menschen, sehnte sich ins Leben zurück und litt unter dem Zustand, der Erde für immer entrückt zu

sein. Im Totenreich herrschte Gott Hades und seine Frau Persephone. Fährmann Charon setzte, vom dreiköpfigen Höllenhund Herberos begleitet, über den Fluss und erhielt für seine Dienste einen Obolus. Während der Überfahrt tranken die Toten aus Lethe, dem Fluss des Vergessens. Jetzt lebten sie nicht mehr in der Vergangenheit, auch ein Blick in die Zukunft war ihnen verwehrt, sondern die ewige Gegenwart stand ihnen vor Augen. Odysseus erhielt im Hades die Erinnerung für kurze Zeit zurück, weil er den Seelen Blut von Opfertieren zu trinken gab. Achilleus fluchte: „Lieber wäre ich auf Erden ein Tagelöhner bei einem anderen, einem Armen, der nicht viel zum Leben hat, als ein Herrscher über alle dahingeschwundenen Toten."

Damaris und Lascarina erwiesen dem Toten die letzte Ehre. Verwandte schien er nicht zu haben. Sie wuschen ihn mit duftenden Essenzen und für den Totenkult bestimmtem Wasser. Dann kleideten sie Demetrios in weiße Gewänder, hüllten ihn in ein Leichentuch, umwickelten ihn mit Stoffbinden und legten ihn auf ein Totenbett. Sein von Blüten umkränzter Kopf ruhte auf einem Kissen. Nun konnten sich alle Hausbewohner von dem alten Schauspieler verabschieden. Mithilfe von Jonas und Leonidas überführten sie den Leichnam bald darauf in ein öffentliches Trauerhaus, wie es in Athen vorgeschrieben war.

„Weck morgen früh die Hausgemeinschaft beizeiten", wies Damaris Jonas an. „Demetrios muss vor

Sonnenaufgang bestattet werden, damit sein Anblick die Götter nicht beleidigt."
Jonas stutzte. „Die Götter? Stört sich auch der christliche Gott am Anblick eines Toten?"
Damaris schlug sich erschrocken mit der Hand auf den Mund. „Ach, entschuldige! Die alten Bräuche ... Manchmal haben sie noch Gewalt über mich. Aber du hast recht: Der Gott der Christen wird durch den Anblick von Toten nicht beleidigt. Ich denke, er empfängt sie in Liebe in seinem Reich. Auch Demetrios wird ihm willkommen sein."
„Willst du ihm auch keine Münze in den Mund legen als Bezahlung des Fährmanns für die Überfahrt?"
Damaris verneinte. „Wir wollen ihm ein christliches Begräbnis geben ohne Totenklage durch Klageweiber oder zahlenmäßige Beschränkung der Trauernden an seinem Grab."
„Auf den Verzicht auf ein Stück Honigkuchen als Gabe für die Götter würde ich es nicht ankommen lassen. Es wird Demetrios nicht zum Nachteil gereichen, wenn der christliche Gott ein verzeihender Gott ist."
Der Friedhof lag vor der Stadt. Dionysios stand mit einem Holzhandwagen und zwei Sklaven bereits vor dem Trauerhaus, als Damaris mit den Hausbewohnern eintraf. Noch war es dunkel. Zwei Laternen tanzten der Gruppe zur Grabstätte voraus. Die Erde, in die Demetrios gebettet werden sollte, war noch jungfräulich und kalt.

„Wir wissen zu wenig von ihm", sagte Damaris. „Ich kann sein Leben nicht in einer Trauerrede loben. Aber wir gedenken eines Menschen, der einmalig war, den es kein zweites Mal gibt und keinen, der ihm gleicht. Er war ein einmaliges Geschenk Gottes an diese Welt. Er hat als Rhapsode die Menschen durch seine Darbietungen erfreut, nachdenklich oder heiter gestimmt und so Ausdruck gegeben von der Vielfalt der Worte und ihrer Bedeutung. Nun ist seine Stimme verstummt. Aber sie kann auch im Schweigen Gott loben und Zeugnis geben von dem, wie er Gott erlebt und erfahren hat."
Damaris segnete das Grab. Sie erhob die Hände und formte ein Kreuz. Hier war sie Diakonin einer neuen, anderen Religion, die das übliche, traditionelle Ritual ablöste oder ergänzte. Dann sprach sie einen Psalm 23, den Paulus sie gelehrt hatte:

„Der Herr ist mein Hirte,
mir wird nichts mangeln.
Er weidet mich auf einer grünen Aue
und führet mich zum frischen Wasser.
Er erquicket meine Seele.
Er führet mich auf rechter Straße
um seines Namens willen.
Und ob ich schon wanderte im finstern Tal,
fürchte ich kein Unglück;
denn du bist bei mir,
dein Stecken und Stab trösten mich.

Du bereitest vor mir einen Tisch
im Angesicht meiner Feinde.
Du salbest mein Haupt mit Öl
und schenkest mir voll ein.
Gutes und Barmherzigkeit
werden mir folgen mein Leben lang,
und ich werde bleiben
im Hause des Herrn immerdar."

Nicht weit von Demetrios' Grabstätte entfernt befand sich der Soldatenfriedhof „für das Vaterland gefallener Bürger". Einen Leichenschmaus gab es nicht. Aber am dritten Tag nach dem Tode des Schauspielers suchten die Hausbewohner die Grabstätte abermals auf, um ein Speise- und Trankopfer darzubringen. In Schalen mit durchlöchertem Boden, damit die Nahrung leicht in das Erdreich einsickern konnte, brachten sie Wein, Milch, Salz, Kuchen, Nüsse und Früchte als Opfergaben. Und so wurde des Toten auch an weiteren Tagen gedacht. Obgleich die Mehrheit der Griechen am Hades-Glauben festhielt und sich daneben allmählich eine neue christliche Bestattungskultur etablierte, entwickelten sich auch die Mysterienkulte weiter, die auf ein glückliches Leben im Jenseits hoffen ließen. Die Orphiker führten ihre Lehre auf den Mythos von Orpheus und Eurydike zurück. Orpheus rief, nachdem er seine Frau zum zweiten Mal verloren hatte, zu einer asketischen Lebensweise auf. Er verzichtete auf Fleisch und blutige Opfer. Nach Vorstellung der Orphiker erwarteten den „Sünder" nach dem Tod harte Strafen, während der „Gerechte" auf den „Inseln der Seligen" ein ruhiges Leben führen durfte. Pythagoras und die nach ihm benannten Pythagoreer glaubten an die Wiedergeburt der Seele. Pythagoras selbst bekundete, dass er sich an sein früheres Leben erinnern könne und im Trojanischen Krieg mitgekämpft habe.

Ob Paulus geahnt hatte, dass seine Rede auf dem Areopag nur kurzfristig hohe Wellen schlagen würde? Schließlich erlebte er es alle Tage, dass die Begeisterung der ersten Stunde nicht anhielt, sondern einer nüchternen Bilanz Platz machen musste. Es war wie im Gleichnis Jesu vom Sämann, dessen Samen auf dem Weg zertreten, von den Vögeln des Himmels gefressen wurde, der auf den Fels fiel und verdorrte oder den die Dornen erstickten. Der Samen aber, der auf gutes Land fiel, brachte hundertfältige Frucht.

Damaris wünschte sich, dass ihre Worte wie ein guter Samen in der Öffentlichkeit wirken würden, doch sie musste manche Rückschläge hinnehmen, weil auch die zunächst eifrigen Anhänger des Christentums sich wieder den alten Kulten zuwandten. Als Diakonin erkannte sie, dass sie nicht verzagen durfte, und in der Tat, in Zeiten großer Resignation spürte sie eine Kraft, die sie ermutigte, sich weiterhin für die Ausbreitung der christlichen Botschaft einzusetzen. Ob Paulus in solchen Augenblicken an sie dachte, für sie betete? Manchmal hörte sie von ihm. Christen auf der Durchreise ließen sie grüßen, brachten einen kurzen schriftlichen Gruß mit oder die Abschrift eines Briefes, den er an irgendeine Gemeinde, Stadt oder an einen bestimmten Volksstamm gerichtet hatte. Die Texte waren Lichtblicke, Wegweiser, die Damaris stärkten und nach denen sie sich richten konnte.

Manchmal erinnerte sich Damaris an den ersten Besuch ihrer Eltern im „Haus Agape“. Zenon und Klio bewegten sich im Haus, als hätten sie einen fremden Planeten betreten, vorsichtig, um nirgends anzustoßen, schreckhaft, weil sie die christlichen Lieder nicht kannten, und voller Misstrauen gegenüber den meisten Bewohnern, die ihr religiöses Leben ganz anders lebten als sie selbst als Anhänger der griechischen Götterwelt. Dass ihre Tochter inzwischen eine Diakonin war, hatten sie stillschweigend hingenommen, obgleich sie trotz mancher Erklärungsversuche nicht genau wussten, was das Amt in Wirklichkeit bedeutete. Dionysios Areopagites in diesem Hause zu treffen, hatte sie zusehends unsicherer gemacht. Sein Rückzug von der geplanten Ehe mit Damaris war zwar verziehen, aber nicht vergessen. Wie beide hier miteinander zum Wohle der alten Menschen wirkten, machte sie stutzig, aber sie enthielten sich jeder Bewertung.

Nikos war nur einmal mitgekommen. „Hast ein besseres Leben verdient“, schalt er. „Nachttöpfe zu leeren, mutet man dem geringsten Sklaven zu, und du machst das und andere Dinge mit einer Hingabe, als bedeuteten sie die Erfüllung deines Lebens.“

„Das verstehst du nicht“, lautete Damaris’ Antwort, „weil du nicht weißt, was Nächstenliebe ist.“

„Warum soll ich alte Menschen lieben? Chanon fährt sie ohnehin bald ins Totenreich. Welchen Nutzen soll ich also davon haben?“

„Es geht nicht um persönliche Vorteile. Aber das bleibt dir fremd.“

„Will ich auch nicht begreifen. Dieser Paulus hat dich verhext.“

Was Damaris und ihre Mitstreiter im Haus „Agape“ leisteten, schloss auch die Krankenpflege mit ein. Vielen der Bewohner ging es körperlich nicht gut, und sie litten unter mehr oder weniger schweren Gebrechen.

Kranke in Griechenland suchten schon seit Jahrhunderten das Asklepios-Heiligtum in der Hoffnung auf, dass der Heilgott sie im Schlaf heilen und ihnen in Traumorakeln Ratschläge für Behandlungsmethoden erteilen würde. Die Kranken entrichteten ein Honorar für den verschriebenen Heilschlaf, die Inkubation. Sie legten sich abends in den hierfür vorgesehenen Räumen auf Liegen mit hochgezogenem Kopfende, Kline genannt. Die Tempeldiener, die therapeutés, löschten das Licht und ermahnten alle zur Ruhe.

In Konkurrenz zu dem Gott Asklepios stand Hippokrates, der sich in der Heilkunst auf wissenschaftliche Erkenntnisse verließ. Der große Arzt forderte eine gründliche Untersuchung des Patienten, äußerste Sorgfalt bei der Diagnose von Krankheiten und Schweigepflicht gegenüber anderen. Kollegen legte Hippokrates ans Herz, ernsthaft, ehrlich und direkt zu ihren Patienten zu sein. Sie sollten den Kranken immer genau und differenziert beobachten, auf Puls, Gesichtsfarbe, Ausscheidungen, auf Schmerz und Bewegungen achten und auch schriftliche medizinische Überlieferungen in ihre Diagnose einbeziehen.

Auch in der jüdischen Kultur war die Krankenpflege fest verankert. Die Schriften der Tora und des Talmud enthielten Vorschriften zur Hygiene und zur Isolation infektiöser Kranker zum Schutz der Bevölkerung. Das jüdische Wohltätigkeitsgebot, die „Zedaka", hielt die Gläubigen dazu an, Gutes zu tun. Sie kam mit den jüdischen Siedlern nach Griechenland. Paulus kannte sie, ebenso die Leiter jüdischer Gemeinden. Für die ersten Christen war die Krankenpflege als eines der sieben Werke der Barmherzigkeit selbstverständlich. Die „Zedaka" bildete die Basis für die jüdische Sozialarbeit der späteren Jahrhunderte und fand auch unter den Christen in Griechenland Zuspruch.

Je höher eine Pflegekraft aufstieg, desto komplexere Aufgaben konnte sie übernehmen. Daher gab es keine Trennung zwischen Ärzten und Pflegern. Beide Tätigkeiten genossen hohes Ansehen. Im antiken Griechenland waren es nur Männer, die den Pflegeberuf ausübten. Frauen übernahmen jedoch Pflegetätigkeiten innerhalb der Familie.

„Agape“ platzte allmählich aus den Nähten. Die sechzehn Zimmer hätten doppelt belegt werden können, so rasch wuchs das Interesse an einem behüteten Leben im Alter. Nicht nur Christen, auch andere Griechen aus allen Gesellschaftsschichten fragten nach freien Plätzen. Damaris und Dionysios mussten eine Weile schweren Herzens absagen, auch wenn reiche Bürger erhebliche finanzielle Zuwendungen versprachen. Irgendwann mussten sie sich mit dem Planen eines Erweiterungsbaus beschäftigen. Damaris war vorsichtig, sie überschlug die Kosten, doch Dionysios dachte an ein freies Grundstück in der Karameikosstraße, direkt neben „Agape“, das ihm gehörte und jetzt brach lag. Als Alternative bot er ein Gelände am Fluss Ilisos an. Dieser kleine Fluss führte meist wenig Wasser und floss, aus dem Gebirge südöstlich von Athen entspringend, am Zentrum der Stadt entlang. Das Gelände war idyllisch gelegen. „Wir könnten neu bauen, die Kapazitäten verdoppeln, wenn nicht gar verdreifachen“, schlug er vor, nachdem er die Baukosten hatte einschätzen lassen. „Und wer setzt seine Kraft und Tränen ein? Es widerstrebt mir, schon wieder einen Bau mit Sklavenarbeit entstehen zu sehen. Die Armen werden überall gebraucht, sie rackern sich ab und ernten dennoch nicht die Früchte ihrer Arbeit. Das ist nicht christlich. Diesen Weg können wir nicht länger beschreiten."

Damaris' Stimme klang entschlossen, und Dionysios wagte nicht zu widersprechen. Dionysios Areopagites wäre ein schlechter Politiker gewesen, wenn er keine Geldgeber für die Finanzierung des Neubaus hätte gewinnen können. Nur an der Sklavenarbeit führte kein Weg vorbei. Wer sollte sonst überhaupt infrage kommen? Körperliche Tätigkeit war bei den Reichen und Wohlhabenden immer noch verpönt und galt als inakzeptabel. Damaris musste einen Weg finden, um den Sklaven Würde und Ansehen zu verschaffen.

Der Neubau schoss rasch in die Höhe. Er konnte die dreifache Personenzahl aufnehmen, sodass insgesamt sechzig Personen ihren Lebensabend in der christlichen Einrichtung verbringen konnten. Hinzu kamen die Gemeinschaftsräume und die Unterkünfte für das Pflege- und Hauspersonal. Die Suche nach qualifizierten Betreuungskräften stellte Damaris vor manche Hürden. Sie fand schließlich einen Arzt, der sich nicht nur um die Patienten kümmerte, sondern auch die Ausbildung geeigneter Frauen und Männer für den Pflegeberuf übernahm.

Jonas, der Hausmeister, bekam einen Lehrling, und auch in anderen Bereichen wurde das Personal aufgestockt. Die Hausbewohner trugen zur Unterhaltung ihrer Gemeinschaftsunterkunft bei, so gut sie es vermochten. Kleine Ausbesserungsarbeiten konnten sie selbst übernehmen. Und auch die junge Christengemeinschaft spendete monatlich einen Obolus zum Kauf von Lebensmitteln oder anderen Notwendigkeiten. Damaris litt darunter, dass ihre Aufgabe als Diakonin unter der neuen Entwicklung zu kurz kam. Wenn ihr die Leitung von „Agape“ oblag, wie sollte sie dann noch Zeit finden, Jesus und seine Lehre den Menschen nahezubringen? In Krisensituationen wusste Dionysios Rat. Er gewann einen Verwaltungsangestellten des Areopag für die Leitungsfunktion. Damaris legte Wert darauf, dass er zunächst mit der religiösen Ausrichtung der vereinten Alten- und Pflegeheime vertraut wurde, die stets die Richtschnur für alle Entscheidungen bleiben musste.

Von Paulus hörte sie nur gelegentlich. Er musste wohl ein bewegtes Leben mit Höhen und Tiefen führen. Manchmal kam jemand aus den neuen Gemeinden vorbei, erzählte, was er über den Apostel gehört oder von ihm selbst erfahren hatte. Paulus war noch immer ein eifriger Prediger, der nicht nachließ, Jesus Christus als Messias zu verkünden, obgleich er bei vielen Juden und in manchen Städten auf heftigen Gegenwind stieß. In Korinth sprach der Herr zu Paulus im Traum: „Fürchte dich nicht, sondern rede und schweige nicht! Ich bin mit dir und niemand soll dich antasten, um dir ein Leid anzutun.“ Das jedoch ließ sich nicht immer verhindern. In Ephesus geriet Paulus in einen Konflikt mit den Silberschmieden. Ihr Vorstand, der ausgerechnet Demetrios hieß wie der Schauspieler, zettelte einen Aufstand gegen den Apostel an. Er verkaufte wie seine Kollegen silberne Nachbildungen des Tempels der Göttin Artemis an Pilger und Reisende und betrieb ein florierendes Geschäft damit. „Groß ist die Artemis der Epheser" lautete ihr Motto. Nun aber stufte Demetrios die Predigten des Apostels als geschäftsschädigend ein und organisierte eine Erhebung, an der sich viele Bürger beteiligten. Ein junger und überzeugter Christ namens Alexander sollte Paulus verteidigen, doch die Menge schrie ihn nieder. Andernorts wurde der Apostel von den jungen Gemeinden willkommen geheißen. Gelegentlich gab Paulus einem Reisenden nach Athen auch einen Brief an die Christengemeinde dort mit, in dem er Damaris ermunterte, ihren eingeschlagenen Weg in Treue zu Christus weiterzugehen. Und er segnete sie im Geist und wünschte ihr den Beistand Gottes.

Leonidas trieb sich gern im Hafen herum, wo er alte Seeleute traf. Einmal lief ihm Aristarch in die Arme, ein früherer Kapitän aus Thessaloniki in Makedonien. Die Wiedersehensfreude war groß, aber dem Aristarch saß noch ein Seesturm in den Knochen, bei dem sein Schiff untergegangen war, Mannschaft und Passagiere aber gerettet wurden.

„Da war ein merkwürdiger Mann an Bord, ein Gefangener, den ein Hauptmann namens Julius und seine Kohorte mit anderen Inhaftierten nach Rom überführen sollte. Ich glaube, er hieß Paulus. Er war ein besonnener Mann und gab Ratschläge, als wäre er ein alter Seemann. Dabei hatte er vom Segeln keine Ahnung, aber seine Empfehlungen retteten alle Leute, es waren immerhin zweihundertsechsundsiebzig Seelen.“

„Ach, und wo ist das Unglück passiert?“

Aristarch erzählte: „Ich vergaß zu sagen, dass die Menschen auf einem Schiff aus Adramyttion ankamen und auf unseren Segler aus Alexandria umsteigen mussten. Gegenwind ließ uns nur schwer vorwärtskommen. Wir fuhren bei steigendem Wellengang an der Küste Kretas entlang, quer durch die Ägäis, und mussten einen Teil der Ladung ins Meer werfen, um das Schiff zu erleichtern. Dieser Mann aber redete uns gut zu, als sei er ein Bote des Himmels. Er gemahnte die Mannschaft sogar zu essen, dann würden alle die Katastrophe besser überstehen. Zweimal warfen wir das Senkblei. Es zeigte uns an, dass wir uns irgendwelchen Klippen näherten. Anker wurden geworfen und wieder gekappt. Dann gerieten wir auf eine Sandbank. Das Vorderschiff bohrte sich ins Ufer, das Hinterschiff zerbrach. Um es kurz zu machen: Alle kamen schwimmend oder sich an Bretter klammernd an Land.“

„Und was ist jetzt mit diesem Paulus, wie du ihn genannt hast?“
„Wie soll ich das wissen? Er ist wohl auf dem Wege nach Rom wie die anderen Gefangenen auch.“
Leonidas nahm sich nicht die Zeit, mit Aristarch auf das Wiedersehen anzustoßen, das wollte er lieber auf später verschieben. Es drängte ihn, Damaris die Neuigkeiten zu berichten.
„Paulus – ein Gefangener und auf dem Wege nach Rom?“ Das konnte nichts Gutes verheißen. An diesem Abend beraumte die Diakonin eine Gebetsstunde an. Auch in den nächsten Tagen blieb sie unruhig und erwartungsvoll. Vielleicht kam eine Nachricht auf gewohnten Wegen nach Athen. Doch sie wartete vergebens.

Eines Tages ließ sich Ernestos bei Damaris blicken. Er kam gegen Abend, in der blauen Stunde, als die Hausgemeinschaft beim Essen saß und die Diakonin noch mit organisatorischen Dingen beschäftigt war.
„Du wirst dich wundern, mich hier zu sehen“, begann Ernestos seine Rede, nachdem er Platz genommen hatte. Er kam wie ein kleiner Bittsteller, ohne das Gebaren eines reichen Herrn.
„Eigentlich wundere ich mich nicht“, antwortete Damaris lächelnd. „Im Grunde habe ich dich sogar erwartet.“

„So? Hat Antigone den Mund nicht halten können?“
„Antigone war sehr überrascht von dem Brief, den du ihr geschrieben hast. Das weiß ich als ihre beste Freundin. Aber ich habe mir zusammengereimt, dass ihr beide nicht voneinander könnt und dass nicht getrennt werden sollte, was schon so lange zusammengehört.“
„So, du meinst, dass wir ...“
„Ja, das meine ich. Vor allem, seit ich weiß, dass du bei Paulus in die Lehre gegangen bist und er dich ohne gute Ratschläge sicher nicht entlassen hat, bin ich sicher, dass dein Besuch dort Folgen gehabt hat.“
„Die hat er und die soll er auch in Zukunft noch haben.“ Ernestos fühlte sich erleichtert, nachdem er jetzt erfuhr, dass Damaris nicht gegen die Verbindung war.
„Der Unterschied zwischen einer Hetäre und einer Gattin ist bei aller Harmonie füreinander natürlich groß“, verpasste Damaris dem Gespräch einen Dämpfer. „Ich werde Antigone nicht raten, die alte Rolle weiterzuspielen.“
Ernestos sprang auf. „Das soll und wird sie auch nicht. Bitte, bestärke sie, meine Frau zu werden.“
Damaris lächelte. „Wenn du deshalb gekommen bist, muss ich mich nicht anstrengen. Sie wird deine Frau, wenn du dein Wort hältst.“
Ernestos hatte den Zenit seines Lebens gerade erreicht und war sicher, trotz einiger grauer Strähnen

im Haar noch glückliche Jahre erleben zu können. Er atmete tief und setzte sich wieder.

„Eine Bitte hätte ich noch."

„Und die wäre?"

„Dass ich auch dich von meiner ehrlichen Gesinnung überzeugen kann."

Damaris nickte. „Du erniedrigst dich vor einer Frau. Das lässt tief blicken. Ich lege deine Worte in die Waagschale und schaue nach einem passenden Gewicht."

Kaum hatte Damaris Ernestos am Tor verabschiedet, fand sie auf dem Stuhl, auf dem ihr Besucher gesessen hatte, ein Kästchen voller silberner Drachmen.

Nikos war immer mehr in das Geschäft seines Vaters eingebunden, seit das Familienoberhaupt wegen Herzbeschwerden kürzertreten musste. Er arbeitete vom ersten Hahnenschrei bis zu dem Zeitpunkt, wo der Abendstern ihm flimmernd signalisierte, dass es genug für heute sei. Mit dem Zuzug fremder, vor allem jüdischer Bürger war auch die Auftragslage in der Werkstatt gewachsen. Alles, was ein Neubau an Ziegeln, Dichtungen, Steinen und Baustoffen benötigte, konnten Bauherren oder die von ihnen beauftragten Architekten hier erwerben. Die Zahl der Sklaven war von acht auf zwölf angewachsen, sehr zum Leidwesen von Damaris. Nun aber war Nikos von einem Baugerüst gestürzt, und es bestand der Verdacht, dass er sich das Schienbein gebrochen hatte. Zu Hause konnte er nicht gut versorgt werden. Damaris schickte den Arzt, sich die Verwundung anzusehen, und der schiente den Bruch mit den zur Verfügung stehenden Mitteln. Die Heilung würde eine schöne Spanne Zeit benötigen.

„Du kommst zu mir“, bestimmte Damaris. „Bei mir kann der Arzt sich täglich um dich kümmern und Anweisungen geben.“

Zunächst wollte Nikos nichts davon wissen, denn der Vater konnte das Arbeitspensum unmöglich ohne ihn schaffen, während die Mutter fortan in die Abwicklung der Aufträge mit eingespannt war. Doch als Nikos trotz des geschienten Beins mit Stützstöcken in der Werkstatt erschien, spürte er bald eine schmerzhafte Unbeweglichkeit, die ihn immer wieder zum Sitzen zwang. Und so stimmte er schließlich schweren Herzens der Ruhephase in „Agape“ zu.

„Du kannst natürlich auch in einem dem Asklepios geweihtem Tempel Heilung suchen, wenn du meinst, der Schienbeinbruch sei eine Strafe der Götter“, frotzelte die Schwester. Doch Nikos musste bald eingestehen, dass er eine gute Wahl getroffen hatte, denn die Pfleger im Haus „Agape“ waren bestens geschultes Personal und vertrieben ihm die Schmerzen durch Umschläge mit dem Schwarzen Bilsenkraut oder der Gemeinen Alraune sowie dem Saft der Weidenrinde. „Notfalls können wir auch Opium verwenden“, sagte ein Pfleger, der sich in den unterschiedlichsten Anwendungen gut auskannte. „Das setzt dich vorübergehend schachmatt, aber du spürst auch deinen Bruch nicht mehr."

Als Ausgangspunkt jeder Behandlung galt das Wort: Der Körper des Menschen enthält Blut, Schleim, gelbe und schwarze Galle, und ihretwegen empfindet er Schmerzen oder ist gesund. Gesund ist er nur dann, wenn diese Substanzen in ihrer wechselseitigen Wirkung und in ihrer Menge das richtige Verhältnis aufweisen und am besten gemischt sind. Arzt und Pfleger wussten, wie die Voraussetzungen dafür waren, und Nikos spürte, das sein Zustand von Tag zu Tag besser wurde.

Der Bruder fühlte sich den Umständen entsprechend gut versorgt, sodass er eines Tages meinte: „Hör mal, Damaris, du erzählst mir ja gar nichts von deinem Herren, ich meine den Nazarener, auf den du schwörst. Was ist damit?"

„Was soll damit sein? Du hast mir einmal gesagt, dass du lieber der Götterwelt vertraust, also bleib dabei."

„So? Habe ich das gesagt?"

„Ja, und es klang nicht nach einem Scherz."

„Hm. Ich glaube, da war ich ein bisschen voreilig."

„So, meinst du das."

„Ja, nach allem, was ich hier so sehe. Es wird zwar nur selten von diesem Jesus gesprochen, aber seine Lehre hat hier viele Hände."

Es war ein Freudentag, als „Agape“ endlich eine Kapelle erhielt, einen Andachtsraum für die Angestellten und Patienten. Manche ließen ihn links liegen, sie waren nicht gläubig und suchten hier auch keinen Trost. Dennoch stand die Kapelle allen offen, die hier im Gespräch mit ihrem Gott Trost erhofften.
„Warum lassen die Götter es zu, dass es mir so schlecht geht?“
„Warum trifft es mich, nicht den Nachbarn, der ein wahrer Schuft ist?“
„Warum bin ich hier gelandet, ich ein freier Mann, frei auch von materiellen Sorgen, der sich um die Belange der Polis kümmern konnte, der verantwortungsvoll in Rechtsprechung und Politik an der Gestaltung der Gemeinschaft mitwirkte?“
Manche fragten nicht, sie waren froh, die Stille des sakralen Raumes genießen zu können. Sie spürten, dass hier eine weihevolle Stimmung herrschte, die den Besucher in Frieden entließ.
„Wir setzen nichts voraus“, erklärte Damaris. „Wer hierherkommt, ist willkommen. Er kann ein alter Götterverehrer sein oder sich Jesus nahe fühlen.“
Sie litt darunter, dass sie nichts mehr von Paulus hörte. Er schien glücklich in Rom gelandet zu sein, hieß es einmal von einem christlichen Kaufmann, wo er auf seinen Prozess warte.
Prozess? Warum? War Paulus in der Residenzstadt der Römer mit Petrus zusammengetroffen, den er nun zum ersten Mal leibhaftig sah? Er, der Fels in der Bran-

dung, war ein ganz anderer Typ als Paulus. Von Beruf Fischer mit mäßigen und überwältigenden Erfolgen, manchmal ein Klugschwätzer, vorlaut, mit großspurigen Versprechungen, die er nicht einhalten konnte, aber doch eine treue Seele, die dem Himmel nahe war, jedoch immer wieder auf der Erde landete. Gegen Paulus' Argumente kam er nicht an. Der brillierte mit seinen Sätzen, aber Petrus hatte das Herz auf dem rechten Fleck und das mochte sein Meister Jesus an ihm geliebt haben. Wenn Paulus sich manches herausnahm, wurde er von Petrus in die Schranken verwiesen. Ein Mann, der Jesus nicht persönlich gekannt hatte, konnte nicht so gewagt über ihn sprechen.
Wenn das Haus zur Ruhe kam, setzte sich die Diakonin oftmals in die letzte Bank der Kapelle und ließ den Tag an sich vorüberziehen. Zuweilen war sie darüber so ermüdet, dass sie einschlief und erst nach Stunden vom Nachtdienst geweckt wurde. Die nächtliche Sorge für die Kranken oblag Lascerina und zwei „Schwestern". Sie wechselten sich wöchentlich mit einer anderen Wachmannschaft ab. In diesen ruhigen Abend- und Nachstunden ging Damaris vieles durch den Kopf, was ihr ungerecht erschien. Warum galten Frauen beispielsweise als Menschen zweiter Klasse, die weniger wert waren und denen weitaus weniger zugetraut wurde als Männern? Warum besaßen die vielen Fremden, die in der Stadt lebten und meist Händler oder Handwerker waren, kaum Rechte? Und warum waren die unzähligen Sklaven und Sklavin-

nen in Athen völlig rechtlos? In „Agape“ gab es keine Rang- oder Geschlechterunterschiede. Deshalb verwunderte es nicht, dass gerade Frauen bei Krankheit oder im Alter hier um Aufnahme baten.
Eines Tages kam es kurz nach Mittag zu einer lebhaften Auseinandersetzung an der Pforte. Chloe, eine der freien Sklavinnen, erschien aufgeregt bei Damaris: „Hier sind zwei Menschen, die sich nicht abweisen lassen, obgleich jetzt Ruhezeit ist.“
„Wer sind sie denn? Kennst du sie?“
„Ich glaube, die Frau ist deine Freundin, sie war einmal hier.“
„Antigone?“
Im Flur kamen ihr Antigone und Ernestos freudestrahlend entgegen: „Wir haben vor zu heiraten!“
„Oh, ist dass ein Grund, weshalb ihr mir das halbe Haus in Aufruhr versetzt?“, lachte Damaris. „Folgt mir, wir setzen uns in den Garten. Dann erzählt mir, was ihr vorhabt.“
„Kommen wir ungelegen?“, fragte Ernestos.
„Bei einer solchen Nachricht spielt der Zeitpunkt keine Rolle“, antwortete Damaris.
Oregano, verschiedene Arten der Minze, Basilikum, Rosmarin, Thymian und Salbei dufteten in dem kleinen Heilpflanzengarten. Damaris und ihre Gäste nahmen im Schatten einer Weißen Pappel Platz. Chloe brachte Getränke.
Damaris versuchte, ihren Besuch ein wenig hinters Licht zu führen.

„Ich weiß nicht, weshalb ihr ausgerechnet zu mir gekommen seid", begann sie das Gespräch und machte ein ernstes Gesicht. „Ich kann den Brautpreis nicht bestimmen, noch eurer künftiges Heim mit Möbeln ausstaffieren. Dafür wären eure Väter zuständig. Habt ihr sie konsultiert?"
Damaris sah, wie das Entsetzen in den Gesichtern der Brautleute aufkam.
„Ja, aber wir dachten ..."
„Denken ist nicht handeln, liebe Antigone. Ich merke, dass ihr manches versäumt habt. Und zudem: In Athen gibt es ein Gesetz, das einem Mann verbietet, eine Frau zu heiraten, die keiner Familie von Athener Bürgern angehört. Ist dir das bewusst, lieber Ernestos?"
Ernestos wollte aufbegehren, doch dann bemerkte er den Schalk in Damaris Augen.
„Oh, du kleine Hexe, uns so hinters Licht zu führen!"
Das sprudelnde Gelächter musste Damaris mit einem kurzen Hinweis auf die Mittagsruhe des Hauses dämpfen.
„Wie kann ich euch denn helfen?"
„Wir möchten als Christen leben. Wir wissen inzwischen so viel von diesem Jesus aus Judäa, dass wir unsere Zukunft nach ihm ausrichten möchten. Und du, liebe Damaris, bist das beste Beispiel dafür, dass dies möglich ist." Chloe erschien und brachte Honigkuchen.
„Eine Vorspeise auf eure Hochzeit", lachte Damaris.

„Du hast uns ganz schön zittern lassen", seufzte Antigone.
„Weil ich mir einen Scherz mit euch erlaubt habe? Ach, ich musste in dieser Woche schon von zwei treuen Bewohnern Abschied nehmen. Ich habe an ihrem Sterbebett gebetet, und sie sind inzwischen auch von uns gegangen. Manchmal hilft ein Scherz, um über eine traurige Lage hinwegzukommen."
Eine kurze betretene Stille entstand, dann meinte Antigone: „Hier ist alles so anders als in der Stadt. Und Ernestos hat mir erzählt, wie kleinmütig er in deiner Gegenwart war."
Damaris schenkte mit Wasser vermischten Wein ein, Antigone teilte den Kuchen in drei Stücke.
„Meine unedle Vergangenheit lastet mir schwer auf die Schultern", meinte Ernestos. „Ich wünschte, ich könnte sie ganz hinter mir lassen."
„Nun, wir können zusammen beten", sagte Damaris. „Zudem entschuldigt dich, dass du den landesüblichen Umgang mit Hetären nicht anders kanntest. Wenn du dein früheres Verhältnis mit Antigone nicht als Schuld empfindest, war es auch keine Sünde. Fall nicht in deine alten Fehler zurück, dann wird Gott sehen, dass es dir ernst ist mit der Umkehr."
Das Gespräch zwischen den dreien wechselte die Farben. Ernst und heiter, hell und dunkel, es kamen Fragen auf, auf die auch Damaris keine Antwort hatte. Denn schließlich betrafen ihre Kenntnisse gerade das Fundament der christlichen Botschaft. Aber

ohne Fundament fehlte einem Bauwerk schließlich die Standfestigkeit.
„Darfst du uns taufen?"
„Natürlich. Notfalls kann jeder Christ taufen, wenn es geboten ist."
„Aber verheiraten darfst du uns nicht?"
„Das Eheversprechen gebt ihr euch selbst. Ich werde es nur betätigen."
In der Urkirche verlief, was die Spendung der Sakramente betraf, zunächst vieles nach eigenen Riten und Gebräuchen und individueller als später. Wo kaum Priester zur Verfügung standen, musste man sich zu helfen wissen. Und eine Diakonin besaß mehr Rechte als in späteren Jahrhunderten.
Ernestos war ein reicher Mann, er dachte nicht daran, auf diesen Reichtum ohne Grund zu verzichten. Er vermachte dem Haus „Agape" allerdings eine beträchtliche Summe Drachmen mit der Auflage, sie für die Pflege und Versorgung seiner Bewohnerinnen und Bewohner einzusetzen.
Der Vogel der Weisheit war die Eule und sie galt auch als Sinnbild Athens. Daher wurden Eulen mit der Göttin Athene zusammen auf den Münzen abgebildet, die die Stadt prägen ließ. Die schon damals bekannte Redewendung „Eulen nach Athen tragen" ging auf den Dichter Aristophanes zurück. Der behauptete in seiner Komödie „Die Vögel", die Bewohner Athens seien so reich, weil die Eulen in ihren Geldbörsen Junge ausbrüteten. Daher sei es nutzlos,

noch weiteres Geld in die Stadt zu bringen. Athene war die Göttin der Weisheit, der Strategie und des Kampfes, der Kunst, des Handwerks und der Handarbeit sowie Schutzgöttin und Namensgeberin der Stadt Athen. Sie gehört zu den zwölf olympischen Gottheiten, den Olympioi.
Antigone wusste, dass Ernestos mit seiner Gefolgschaft ihre Hochzeit als großes Fest zu feiern gedachte. Die traditionellen religiösen Zeremonien wollte sie dort aber nicht vollziehen. Deshalb schlug sie vor, die Trauung in der Hauskapelle von „Agape“ vorzunehmen, während die Festlichkeiten in einem der führenden Gasthäuser stattfinden sollten. Die Braut wäre gern mit der Hälfte des Aufwandes zufrieden gewesen, doch da sie Ernestos' Entschluss, bewusst zu heiraten, an vielen kleinen Zuwendungen erkennen konnte, ließ sie ihn beim Planen gewähren. Zu Trauzeugen bestimmte sie Damaris' Bruder Nikos und Lascerina. Damaris sollte die Ehe segnen.

Als der Philosoph Aristoteles einmal gefragt wurde, warum er Sklaven in seinem Hause beschäftigte, rechtfertigte er sich mit den Worten, es gäbe Menschen, die von Natur aus zur Sklaverei bestimmt seien. Er bezeichnete einen Sklaven als „beseeltes Besitzstück“ und „Werkzeug vor allen anderen Werkzeugen“. In Athen besaßen in der klassischen Zeit die

meisten Bürger mindestens einen Sklaven. Wer sich keinen Sklaven leisten konnte, galt als arm.
Für Damaris war es undenkbar, auf lange Sicht Sklaven zu beschäftigen. Zwar entlohnte sie ihre Arbeit regelmäßig mit den von Dionysios bereitgestellten Mitteln, sodass sie sich das Nötigste zum Leben kaufen konnten und auch nicht die Kleider tragen mussten, die bereits von älteren Familienmitgliedern benutzt worden waren. Doch damit gab sie sich nicht zufrieden. In der Gemeinschaft mit den Christen der kleinen Gemeinde und den Hausbewohnern von „Agape" fiel das Wort „Sklave" nicht, sondern alle waren Brüder und Schwestern.
Unter den „Brüdern" war es Neilos, der durch seine stete Freundlichkeit auffiel. Seine Arbeit bereitete ihm manchmal Schmerzen, das sah man an den Schweißperlen auf seiner Stirn, und dann und wann verzog er auch das Gesicht, weil die Last, die er trug, zu schwer drückte. Damaris nahm sich vor, Neilos einmal beiseitezunehmen und mit ihm zu sprechen. Die Gelegenheit bot sich an einer Panegyris, einem Feiertag, an dem die halbe Hausgemeinschaft ausgeflogen war und erst zum Abendessen zurückerwartet wurde.
„Willst du mit den anderen nicht die Sonne genießen?", fragte die Diakonin. Neilos verneinte. Er freue sich über jede Stunde, in der er allein sein dürfe, lautete seine Antwort. Die Zeit nutze er zum Lesen und zum Meditieren. Damaris wundere sich, denn nur die

wenigsten Sklaven konnten lesen, und „meditieren" war ihnen ein Fremdwort. Die beiden zogen sich in den Garten zurück, der jetzt seine Düfte zurückhielt, um sie erst gegen Abend zu verströmen. In Indien geboren, war Neilos, Sohn eines Schiffseigners, als Schiffsjunge von Piraten gefangen genommen und versklavt worden. Auf Umwegen war er nach Athen gelangt.

„Ich bin von Haus aus Buddhist. Aber hier bei dir habe ich diese Religion abgelegt."

„Und warum?", fragte Damaris hellhörig und angespannt.

„Weil die Christen fröhlichere Menschen sind. Die griechischen Götter mag ich nicht. Die wissen selbst nicht, was sie wollen. Das ist bei dir anders."

„So? Dann erzähl mir etwas von deiner Religion, Neilos."

„Die Gründung des Buddhismus ist schon einige Jahrhunderte her. Da bekam ein adeliges Elternpaar in Indien einen Sohn, Siddhartha Gautama. Um ihn von allen Übeln in der Welt fernzuhalten, schirmten die Eltern ihn von jeglichem Leid ab. Er lebte gleichsam in einem goldenen Käfig. Eines Tages aber entwich Gautama ins reale Leben. Und hier sah er arme, kranke, alte Menschen, Menschen voller Liebe und voller Hass. Und viel Leid. Das alles erfüllte ihn mit unsäglicher Trauer. Um diesem Zustand zu entfliehen, entwickelte er eine Lehre, die die Menschen ins vom Leiden erlöste Nirwana führen sollte. Man nannte Siddhartha Gautama jetzt Buddha, den Erleuchteten. Glück und Leid – so große Gegensätze passten für ihn nicht zusammen. Das höchste Glück und Ziel ist, alles Individuelle, Personale, Erdverbundene zu überwinden; sie sind Hindernisse."

Neilos wollte noch fortfahren, doch Damaris hob die Hand zum Zeichen, dass er eine Weile schweigen solle.

„Da ist viel Fremdes und Neues auf einmal", sagte sie schließlich. „Es unterscheidet sich vollkommen vom Christentum."

„Oh ja", rief der Sklave. „Der Buddhismus wehrt das Leiden ab und flieht vor ihm, das Christentum nimmt es an. Euer Christus hat es vorgelebt mit seinem Opfer am Kreuz und mit der Lehre von der Nächstenliebe. Sonst wären so viele Menschen, sonst wäre auch ich nicht so gern hier."

Damaris überlegte. Wahrscheinlich hatte sich Neilos seine Religion so zurechtgelegt, wie er sie brauchte. Möglicherweise gab es tiefere Anhaltspunkte für die Lehre. In einem schien er jedoch recht zu haben. Der Buddhismus konzentrierte sich auf das Ich und auf die persönliche Erlösung, das Christentum auf das Wir und das gemeinsame Heil.

„Ich wundere mich, dass du so gebildet bist", fuhr Damaris fort. „Du liest, du meditierst, lebst in einer anderen Welt als viele deinesgleichen."

„Ich habe in Indien eine Schulbildung erhalten, und hätte ich nicht aufs Schiff gemusst, das mich als Ge-

fangener entließ, so wäre ich zu Hause vielleicht ein Gewürzkaufmann oder Heilpraktiker geworden."
„Wie ist dein wirklicher Name? Neilos wirst du früher nicht geheißen haben."
„Nein, Herrin. Neilos hat mich der griechische Käufer genannt. Mein Name ist Aditya, was Sonne oder Sonnengott heißt."
Damaris lächelte. „Um zwei Dinge bitte ich dich: Nenn mich nicht Herrin, sondern Schwester, und sei in unserem Hause eine kleine Sonne, die alle erfreut."
Die Zweisamkeit wurde durch einen Zwischenfall unterbrochen: Die Aufsicht an der Tür ließ einen Mann herein, der zuvor heftig geklopft hatte und sofort in die Kapelle gestürmt war.
„Ich bitte um Asyl!", rief er. „Ich brauche Asyl!"
Und er klammerte sich an einen der Stühle, als sei er ein Anker, an dem er vor dem Zugriff der Häscher sicher sei. Wie sich herausstellte, wurde er des Mordes an einem seiner Brüder verdächtigt, und die Knechte des Ältestenrates waren ihm dicht auf den Fersen. Wie so oft in höchster Not schickte Damaris nach Dionysios, der auch gleich kam und die Rechtslage erklärte: „Wenn sich herausstellt, dass er wirklich der Täter ist, wird er einen fairen Prozess bekommen. Wahrscheinlich muss er in die Verbannung; so rettet er wenigstens sein Leben. Ist ein Fremder der Mörder, so wird er von den Knechten des Ältestenrates festgenommen. Das Weitere wird sich finden. " Der Asylsuchende beschwor, mit dem Mord nichts zu tun zu haben.

„Solange seine Schuld nicht bewiesen ist, kann er Asyl bekommen“, bestimmte Dionysios.
Diakonin Damaris lud spätabends die Hausgemeinschaft ein, auch für den mutmaßlichen Mörder zu beten, ungeachtet der Tatsache, dass seine Schuld oder Unschuld noch nicht geklärt war. Alle Bewohnerinnen und Bewohner von „Agape“, auch die Nichtchristen, folgten dem Aufruf, denn Gebete stiegen zum Himmel, ganz gleich, ob die Betenden sich über den Inhalt des Gebets selbst ganz im Klaren waren.
Wenn die ersten Christen sich in Athen zum Gottesdienst versammelten, so geschah das in Privaträumen. Sie hatten nur weniger Mitglieder, und bis die ersten Kirchen gebaut werden würden, sollten noch Jahrhunderte vergehen. Folglich gab es auch noch keine einheitliche Liturgie oder Gottesdienstpraxis, wie sie später vorgeschrieben war. Die athenischen Christen versammelten sich auch in Synagogen. Da es wohl Gemeindeleiter, aber keine Priester im späteren Sinne gab, beschäftigte man sich mit der Auslegung der Tora und der Lehre Jesu. Einen wesentlichen Teil der Zusammenkunft nahm das gemeinsame Mahl ein. Auch dabei wurde diskutiert. Manche Menschen hatten spontane Eingebungen und Vorschläge, über die man sprach. Kamen Wanderprediger vorbei, so bereicherten sie die Gemeinschaft oft mit neuen Impulsen.
Nicht nur im Raum Athen, sondern auch in anderen Bereichen Griechenlands lebten die Christen in

der Diaspora. Im Heiligen Land gab es klare Richtlinien. Der einzige Ort, an dem priesterliche Kulthandlungen vorgenommen werden konnten, war der Tempel in Jerusalem. Mitglieder anderer Religionen kamen in Gebetshäusern und ebenfalls privat zusammen. Die ersten Christen im Heiligen Land machten es ebenso oder suchten günstige Plätze im Freien. Nach dem Wort des Evangelisten Matthäus hatte Jesus verheißen: „Wo zwei oder drei in meinem Namen versammelt sind, da bin ich mitten unter ihnen." Nicht die Zahl der Versammelten, sondern die Vorstellung von der geistigen Anwesenheit des Gottessohnes war ausschlaggebend für die Zusammenkunft. Das gemeinsame Mahl bildete einen gesonderten Teil des Gottesdienstes. Wo der auferstandene Christus im Geist anwesend war, durften kein Streit und keine Missgunst entstehen und auch zwischen reicheren und ärmeren Gemeindemitgliedern nicht unterschieden werden. Eine Auseinandersetzung um theologische Interpretationen sollte möglichst vermieden werden. Stattdessen sprach man über den Glauben, las die Tora, die Psalmen, sprach Fürbitten, sang Lieder und dankte Gott für das Miteinander.
Solche Zusammenkünfte gingen dennoch nicht immer reibungslos vonstatten. Frauen durften an solchen Versammlungen teilnehmen. Wenn Paulus später ihre Mitwirkung bei Gottesdiensten einschränkte oder gar verbot, so hat das sicher auch mit der Unsitte mancher männlicher Gäste zu tun, im Anschluss

an das Essen mit „Hetären“ Umgang zu pflegen; der Apostel wollte die Frauen sicher vor Peinlichkeiten bewahren. Andererseits empfahl er: „Wenn die Frauen etwas wissen wollen, dann sollen sie zu Hause ihre Männer fragen.“ Damit waren manche Christinnen nicht einverstanden und äußerten ihren Unmut. Je nach Ort und Situation hatte der Missionar manches aufgeschrieben, was er später relativierte. Doch an einen Satz klammerten sich die Christen: „Es gibt nicht mehr Juden und Griechen, nicht Sklaven und Freie, nicht Mann und Frau; denn ihr alle seid ‚einer‘ in Christus Jesus.“

Nach jüdischer Rechtsauffassung war die Frau, obgleich besser gestellt als bei anderen Völkern, keine Person, sondern ein Besitz, über den der Vater oder der Ehemann verfügte. Sie durfte die Gemeinde zwar besuchen und das Wort Gottes hören, doch die intensive Beschäftigung mit seinem Wort war den Männern vorbehalten. In den Briefen des Paulus brach sich eine neue Einstellung Bahn. Er bezog die Frau grundsätzlich in die Gemeindearbeit ein und stattete sie mit Leitungsfunktionen und Verantwortung aus. Solange es keine einheitliche Regelung für den Gottesdienst gab, improvisierten die Christen nach eigenen Plänen. Damaris bereiste die Umgebung, kam sogar bis Korinth, um sich bei den dortigen kleinen Christengemeinschaften nach ihren Gewohnheiten zu erkundigen. Sie spürte bald, dass überall eine große Unsicherheit herrschte. Es gab aber couragierte

Gemeindevorsteher, die liturgische Abläufe in Eigenverantwortung übernahmen. Damaris traf aber auch auf ängstliche Diakoninnen und Diakone, denen kleine Abweichungen von der einmal getroffenen Absprache der Gottesdienstordnung schlaflose Nächte bescherten.

Es war für sie ein Tag aufrichtiger Freude, als sie Phoebe aus Kenchreä wiedertraf, die im Auftrag des inhaftierten Paulus eine Rundreise zu den zuletzt gegründeten Christengemeinschaften machte.

„Paulus? Von ihm kann ich einiges berichten. Ich weiß, er disputiert immer wieder mit den jüdischen Glaubensbrüdern, die ihm das Leben nicht leicht machen."

„Woher weißt du das?"

„Ach, Damaris. Die Welt ist ein Dorf, seit Rom sein Reich so weit ausgedehnt hat. Es sind immer wieder Kaufleute und Boten unterwegs, darunter auch Christen, die erfahren, was sie dann weitergeben. Natürlich kann man sich auf die Glaubwürdigkeit der Nachrichten nicht immer verlassen, es wird hier mal etwas dazugedichtet, dort etwas weggelassen, aber vertrauen wir darauf, dass ein wahrer Kern in den Nachrichten steckt!"

Phoebe berichtete, was sie vom Schicksal des verhafteten Paulus in Rom wusste. Nach seiner Ankunft in Rom hatte er die Erlaubnis erhalten, eine Wohnung für sich zu nehmen zusammen mit einem Soldaten, der den gefesselten Häftling bewachen sollte. Nach drei Tagen versammelten sich die führenden Juden im Haus. Paulus rechtfertigte sich: „Brüder, obwohl ich mich nicht gegen die Sitten der Väter vergangen habe, bin ich als Gefangener den Römern ausgeliefert worden. Sie haben mich verhört und wollten mich freilassen, da nichts gegen mich vorlag. Weil aber ihr Juden Einspruch erhoben habt, war ich gezwungen, Berufung beim Kaiser einzulegen. Aus diesem Grund habe ich darum gebeten, euch sehen und sprechen zu dürfen. Denn um der Hoffnung Israels willen trage ich diese Fesseln."

Die Männer antworteten ihm: „Wir haben über dich weder Briefe aus Judäa erhalten noch ist einer von den Brüdern gekommen, der uns etwas Belastendes über dich berichtet oder erzählt hätte. Wir wünschen aber von dir zu hören, was du denkst; denn von dieser Christensekte ist uns bekannt, dass sie überall auf Widerspruch stößt."

Überall auf Widerspruch? Davon konnte keine Rede sein. Die Juden vereinbarten mit dem Apostel einen Tag, an dem sie mit noch mehr Leuten zu ihm in die Wohnung kamen. Vom Morgen bis in den Abend hinein erklärte und bezeugte Paulus ihnen das Reich Gottes und versuchte, sie vom Gesetz des Mose und von den Propheten aus für Jesus zu gewinnen. Einige ließen sich durch seine Worte überzeugen, andere blieben ungläubig.

Paulus lebte zwei volle Jahre in der Wohnung und empfing alle, die zu ihm kamen, darunter auch Onesimus. Nicht immer erweisen sich angeblich verlässliche Menschen als uneingeschränkt vertrauenswürdig. Onesimus war ein solcher Mann. Er war eigentlich ein Sklave, und sein Besitzer Philemon hatte ihn als treu eingeschätzt, was sich als falsch herausstellte. Meist hatte er Botendienste verrichtet, aber er war unzuverlässig und „unnütz“, wie sein Herr bestätigte. Philemon war Christ, dazu reich. Wie reich genau, wusste niemand. Die junge christliche Gemeinde traf sich in seinem Haus, das groß war und über viele, luxuriös eingerichtete Räume verfügte. Philemon überlegte, ob er Onesimus nicht trotz des negativen Urteils über ihn mit besonderen Aufgaben betrauen sollte, etwa mit dem Dienst für die junge christliche Gemeinde, denn er ahnte, dass sein Sklave im Grunde seines Herzens ein unruhiger und suchender Mensch war. Hätte er sich taufen lassen, hätte er sogar zum Gemeindeleiter, zum Episcopos, aufsteigen können. Sein Herr erwog solche Überlegungen in stillen Stunden. Wie groß war die Enttäuschung, als Philemon feststellen musste, dass Onesimus ihn bestohlen und unbemerkt verlassen hatte. Wohin war er geflohen? Der Vorfall gab Rätsel auf. Erst im Laufe der Zeit wurde offenbar, dass er sich in Rom aufhielt und die Bekanntschaft mit Paulus gesucht hatte.

Schreiben konnte der Missionar nicht, seine Hände waren ja gebunden. So musste Timotheus, der bei ihm war, die Briefe nach Diktat an die Philipper und

Epheser niederschreiben. Auch an die Kolosser, die Christen in Kolossä, verfasste er einen Brief. Den Philippern ging das Schicksal des Apostels so zu Herzen, dass sie einen Boten mit einem Geldgeschenk nach Rom schickten. Der Bote erkrankte jedoch unterwegs so schwer, dass man seinen Tod befürchtete. Aber nach seiner Genesung lieferte er das Geschenk bei Paulus ab und nahm einen Brief von Paulus und Timotheus mit zurück nach Philippi. Einen weiteren Brief richtete der Apostel an seinen guten Freund Philemon, der ebenfalls in Kolossä wohnte. In diesem Brief ging es um Philemons Diener Onesimus. Onesimus war bekanntlich eigenmächtig nach Rom gekommen und hatte Paulus im Hausarrest besucht. Paulus berichtete ihm vom Leben Jesu – und Onesimus wurde Christ. Paulus bat seinen Freund, Onesimus zu verzeihen. „Ich schicke ihn zu dir zurück", schrieb er. „Aber jetzt ist er nicht mehr bloß dein Diener. Er ist auch ein lieber Glaubensbruder." Als Onesimus nach Kolossä zurückkehrte, nahm er die beiden Briefe mit – den einen an die Kolosser und den anderen an Philemon. Und Paulus verkündete: „Ich schicke Timotheus zu euch. Und bald werde ich euch selber besuchen. Philemon, besorge mir bitte ein Zimmer zum Übernachten."
Von all diesen Ereignissen berichtete Phoebe. Damaris hörte sich alles mit wachsendem Erstaunen an und rief schließlich: „Wie kam es denn, dass Paulus plötzlich wieder reisen durfte?"

„Als römischer Bürger besitzt er seine Rechte, und gegen die konnten die Juden nichts unternehmen. Paulus meinte jedoch, wenn er noch einmal verhaftet wird, blüht ihm kein gutes Ende.“

Das Leben ging seinen gewohnten Gang. Die junge christliche Gemeinde in Athen wuchs, das war nicht zu übersehen, sie verzeichnete steigende Zahlen von Taufwilligen, über die sich Damaris freute. Aber der alte Kern war antriebslos geworden, ohne dass es dafür offensichtliche Gründe gegeben hätte. Vielleicht war zu vieles Routine geworden, sodass das Leben in der jungen christlichen Gemeinde alltagsgrau und ereignislos erschien. Es fehlten die Höhepunkte, Sternstunden und Überraschungen. So gab es Menschen, die in die alte Rolle der Götterverehrung zurückfielen, weil ihnen das Leben dort keine Vorschriften machte, sie nicht zur Nächstenliebe aufforderte und auch sonst nichts von ihnen verlangte.
Die griechische Götterwelt war irgendwie Menschenwelt geblieben, wuchs nicht über sie hinaus. Die Götter trugen ähnliche Konflikte aus wie die Erdenbewohner. Die Anregungen, die man den Paulusbriefen hätte entnehmen können, fehlten, seit der Apostel wieder im Gefängnis saß.
Die christlichen Gemeinden beteten. Sie riefen den Himmel an, denn Paulus war ihr Gründer und Für-

sprecher in Schwierigkeiten gewesen. Wie viel Zeit hatte Paulus schon in Gefangenschaft verbracht? Kurz war er in Philippi gefangen gewesen, dann länger in Jerusalem und Caesarea. Die Römer kannten keine längeren Gefängnisstrafen, meist begnügte man sich mit einem kurzen Freiheitsentzug. Doch nun?

Manchmal kam Damaris bei ihren Überlegungen an ihre Grenzen. Beten, so erkannte sie, konnte nur, wer glaubte. Aber glauben auch nur, wer betete. Eine Nachricht beunruhigte sie. Es hatte sich herausgestellt, dass der Mann, der als Mordverdächtiger im Haus „Agape" Asyl gesucht hatte, unschuldig war. Ein Freund des getöteten Bruders war der Tat überführt worden, und die Familie des Mörders, der in die Verbannung abgeschoben worden war, sann auf Rache. Hätten Damaris und Dionysios dem unschuldig Verdächtigten nicht Asyl gewährt, wer weiß, wie die Sache ausgegangen wäre! Die Frau des Verbannten machte Damaris Vorwürfe, dass sie jetzt allein mit ihren Kindern dastehe, ihr die Grundlage der Versorgung entzogen sei und sie nicht wisse, wie sie ihre Kinder in Zukunft satt bekommen solle. In der Diakonin regte sich Mitleid.

„Dass ihr Mann einen Mord beging, haben wir nicht zu verantworten", sagte sie zu Lascarina. „Doch dass seine Familie jetzt Hunger leidet, fällt in unsere christliche Verantwortung. Ganz gleich, ob schuldig oder unschuldig, wir müssen der Familie helfen."

Lascarina wollte widersprechen, doch Damaris hob den Zeigefinger. „Wir wollen nicht diskutieren. Die Familie ist durch ein Verbrechen in Not geraten. Hier müssen wir Gnade vor Recht walten lassen."

An einem der nächsten Tage machte Damaris einen Korb mit Esswaren zurecht. Sie hatte bald herausgefunden, wo Delia mit ihrer Familie wohnte: in der Unterstadt. Sie und Lascarina packten Schweinefleisch, Huhn in grob geriebener Weizengrütze, Getränke in Tongefäßen und ein Dessert aus Äpfeln, Joghurt und Honig in einen Handwagen und zogen mit zwei „Schwestern" los.

Delia empfing sie mit Vorwürfen. „Ach, treibt euch das schlechte Gewissen her?" Und an Damaris gewandt: „Du hättest dir vorher überlegen müssen, welche Katastrophe du heraufbeschwörst. Jetzt siehst du, was du angerichtet hast." Drei kleine Kinder hüpften nur halb bekleidet auf dem Triclinium, dem hölzernen dreiliegigen Speisesofa, herum. Die Wohnung war schmuddelig und wirkte unaufgeräumt. In einer Ecke saß ein finster dreinblickender Mann, den Kopf in die Hände gestützt.

„Ist das die Christin?"

„Halt dich da raus, Lazaros", fuhr Delia ihn an. „Das hier ist meine Sache."

Damaris fand endlich ihre Sprache wieder. „Ich habe kein schlechtes Gewissen", erklärte sie. „Deinen Mann trifft die gerechte Strafe. Aber als Christin kann ich dich und deine Kinder nicht dem Elend überlassen."

„Hättest du dich rausgehalten, wäre das nicht passiert."
„So? Hättest du guten Gewissens zusehen können, wie ein Unschuldiger verurteilt wird?"
„Was geht mich das an? Mein Mann, dieser Hornochse, hatte mit dem Kerl ein Hühnchen zu rupften. Der Streit eskalierte – das Resultat kennst du ja."
„Ja, aber es muss Gerechtigkeit herrschen. Wenn dein Mann eines Tages aus der Verbannung zurück ist, lebt er ein anderes, ein besseres Leben."
„Eines Jahres, meinst du, nicht eines Tages. Bis dahin fließt noch viel Wasser durch den Kifisos."
Delia lachte. Es war ein Lachen, das Damaris erschreckte, so unheimlich klang es. Ihre Begleitung drängte sie, das Haus zu verlassen. Lascarina stellte sich schützend vor die Diakonin, weil sie fürchtete, Delia würde tätlich werden.
Lazaros in der Ecke hob den Kopf. „Schluss mit dem Streit. Wenn etwas zu regeln ist, bin ich dabei."
Die vier Christinnen machten sich eilig auf den Heimweg. Sie sagten nichts, aber anhand des Tempos, mit dem sie den Wagen zogen, ließ sich erahnen, dass sie der Gegend so schnell wie möglich entkommen wollten. Lascarina schüttelte sich, als müsse sie eine Last abwerfen. Niemand von ihnen konnte gleich schlafen gehen. Damaris spürte, dass alle noch ein wenig beisammenbleiben wollten. Sie setzten sich in den Speiseraum.
„Das war kein schönes Erlebnis", fasste Lascarina

ihre Eindrücke zusammen. Die anderen pflichteten ihr bei. Obgleich ihnen Auseinandersetzungen nicht fremd waren und Streit vielfach zum Alltag gehörte, hinterließ diese Mordgeschichte ein schmerzhaftes Grauen. Vor ihrer Bekanntschaft mit dem Christentum hatte sich Damaris des Öfteren mit den Gedanken des Philosophen Epikur und seinem Weltbild auseinandergesetzt. Manches, was er über den Tod sagte, hätte Paulus wahrscheinlich unterschrieben, doch vieles auch abgelehnt.

Der Tod, meinte Epikur, verliert seine Bedeutung, wenn man sich vor Augen führt, dass es nichts Schlechtes ist, nicht zu leben. Mit dem Tod setze die menschliche Wahrnehmung aus, weil Körper und Seele sich trennen: „Wir werden schlicht nicht mehr da sein, sobald der Tod eintritt." Das widersprach dem christlichen Weltbild und dem Glauben an ein Leben nach dem Tod. Nun, im Kreis ihrer Schwestern, sprach Damaris darüber. Lascarina stimmte zu, die übrigen Schwestern schwiegen unsicher. Epikur sah in der Begrenztheit des Lebens eine Aufforderung, die Zeit so lustvoll wie möglich zu gestalten.

„Lustvoll? Hat er wirklich lustvoll gesagt? Was meint er damit?"

„Meint er, dem Vergnügen nachzulaufen?"

„Hört, was Epikur dazu meint", fuhr Damaris fort. „Die Vernunft, sagt er, befähigt uns abzuwägen, was erstrebenswert ist und was wir besser meiden. Insofern ist sie das wichtigste Mittel zur Erreichung eines lustvollen Lebens, ja man kann sagen: Die Vernunft ist das wertvollste Gut des Menschen. Durch sie erkennen wir, dass man nur dann lustvoll leben kann, wenn man weise und gerecht handelt, und auch, dass man nur weise und gerecht handeln kann, wenn man lustvoll lebt."

„Lustvoll? Daran stoße ich mich. Warum sagt er nicht: erfüllt, zufrieden, bewusst, dankbar?"

Lascarinas Frage verunsicherte die anderen.

Epikur hatte über das Schicksal Folgendes geschrieben: „Was das Schicksal betrifft, ist es unnütz, darüber zu schimpfen: Alle Dinge, die uns widerfahren, tun dies entweder notwendig, zufällig oder durch unser eigenes Handeln. Das Notwendige kann man nicht ändern, der Zufall ist unberechenbar und entzieht sich unserem Einfluss. Deshalb sollte man auf notwendige und zufällige Ereignisse mit Gleichmut reagieren. Was wir selbst herbeigeführt haben, kann freilich gelobt oder getadelt werden. Dabei ist es dem Weisen lieber, eine richtige Entscheidung gefällt zu haben, die nicht von Erfolg gekrönt ist, als eine falsche, welcher der Zufall zum Erfolg verhilft."

Damaris schlug vor, sich jetzt nicht weiter mit Epikur zu beschäftigen. Es blieben Fragen, denen an einem anderen Tag nachgegangen werden könne.

Auf der Straße war es inzwischen dunkel. Der Mond leuchtete mit halbem Rund über die flachen Dächer der Kerameikosstraße. Eine Eidechse huschte über die Vordertreppe. Alle wünschten einander gute

Nacht. Dann zogen sie sich in ihre Schlafräume zurück.

Drei Wochen nach diesem Zwischenfall wurde Lascarina frühmorgens von einem Albtraum wach. Sie hatte gesehen, wie sich Lazaros über die Hintertreppe ins Haus schlich, in Damaris' Schlafgemach eindrang und der aus dem Schlaf gerissenen Diakonin ein Messer in die Brust stieß.

„Du bist in höchster Gefahr, Damaris", rief Lascarina völlig aufgelöst. „Meide die Öffentlichkeit eine Weile, lass uns die wichtigsten Dinge gemeinsam tun. Was ich gesehen habe, war so schrecklich, dass ich dich anflehe, mir Gehör zu schenken. Ich sehe manchmal Dinge voraus. Ich weiß nicht, warum, aber sie bewahrheiten sich oft, und das wäre in diesem Fall furchtbar!"

Damaris nahm Lascarina in den Arm. „Wenn meine Stunde kommt, so gehe ich gern aus dieser Welt. Ich glaube, meine Seele wird glücklich sein, die Erde verlassen zu dürfen."

Von solchen Gedanken versuchte Lascarina die Freundin mit dem Hinweis auf ihre Verpflichtungen abzubringen. Sie überlegte, ob sie Dionysios ins Vertrauen ziehen dürfe, doch das stand einer Sklavin nicht zu, mochte sie auch eine noch so große Vertrauensstellung innehaben. Aber sie erzählte Jonas von dem Traum und bat ihn, Tür und Tor abends zu überprüfen, ob sie fest geschlossen seien. Jonas' Augen waren überall, bei jedem Besucher, der ins Haus kam, bei jedem, der neu in „Agape" einzog. Da sich in den nächsten Wochen nichts ereignete, ließ seine Wachsamkeit etwas nach und mit der Zeit verlor sich das Gefühl der Bedrohung.

Jonas hatte neue Geschäftsverbindungen geknüpft, wo er Lebensmittel für das Haus etwas günstiger einkaufen konnte. Die neuen Kontakte erforderten eine mehrtägige Abwesenheit. Ohne Sorge machte er sich, begleitet von einem Mitbruder mit einem Eselskarren auf den Weg in eine nahe Küstenstadt. Während seiner Abwesenheit erfüllte sich Lascarinas Traum jedoch anders, als sie befürchtet hatte.

Lazaros war im Grunde kein übler Mensch. Doch nach dem Tod seiner Eltern, die mit vielen Bewohnern seines Dorfes bei einem Erdbeben ums Leben gekommen waren, hatte ein Onkel, Timaios, der mit Pferden und Maultieren handelte, die weitere Erziehung des verwaisten Jungen übernommen. Und Timaios verstand es, seinen Neffen in die krummen Geschäfte seines Tierhandels einzuweihen. Lazaros trat bald in seine Fußstapfen.

Delias Mann gehörte zum Kundenkreis dieses Onkels. Beide waren in manch dunkle Machenschaften verwickelt, in die im Laufe der Zeit auch Lazaros hineingezogen wurde. So hatte Lazaros zum Einstieg den reichen Besitzer des besten und preisgekrönten

Reitpferdes von Athen ermordet, um das Tier in den Besitz Timaios' zu bringen. Lazaros ging bei diesem Mord so geschickt vor, dass er nie aufgeklärt wurde. Jetzt aber sah Lazaros Delia mit ihren Kindern in einer hoffnungslosen Lage, in die sie durch diese Anhängerin des Paulus gekommen war. Ihr einen Denkzettel zu verpassen erschien ihm zu wenig. Sie musste ganz aus dem Verkehr gezogen werden, bevor sie noch mehr Schaden anrichtete.

Die Gartenseite des Hauses „Agape" war zwar durch einen mittelhohen Holzzaun von der Straße getrennt, jedoch war der Schutz eher symbolischer Art. Wer das Grundstück betreten wollte, brauchte nicht übermäßig sportlich zu sein, um das Hindernis zu überwinden. Damaris nutzte die Siesta nach dem Mittagessen, um sich eine halbe Stunde auszuruhen. Während im Haus Stille herrschte, legte sie sich in einer Ecke des Gartens, wo Gemüse wie Karotten, Rüben und Zucchini angebaut wurden, in einen der weiß gestrichenen hölzernen Liegestühle. Damaris liebte ihren Duft, der ihr ja auch in der Küche entgegenströmte, sich hier jedoch mit dem würzigen Geruch der Erde mischte. Sie las gerade eine Stelle aus dem Philipperbrief und fühlte sich von den Worten des Apostels zutiefst verstanden. „Für mich ist Christus das Leben, und das Sterben ein Gewinn. Wenn aber das Leben im Fleisch mir Gelegenheit gibt zu fruchtbarer Wirksamkeit, so weiß ich nicht, was ich wählen soll. Denn ich werde von beidem bedrängt: Mich verlangt danach, aufzubrechen und bei Christus zu sein, was auch viel besser wäre; aber es ist nötiger, im Fleisch zu bleiben um euretwillen. Und weil ich davon überzeugt bin, so weiß ich, dass ich bleiben und bei euch allen sein werde zu eurer Förderung und Freude im Glauben, damit ihr umso mehr zu rühmen habt in Christus Jesus um meinetwillen, weil ich wieder zu euch komme."

Als sie bis zu dieser Stelle gekommen war, schloss Damaris die Augen, um über den Sinn der Botschaft nachzudenken So entging ihr, dass jemand leise den Zaun überwand und sich ihr näherte. Als ein dunkler Schatten auf sie fiel, schlug sie die Augen auf. Sie war nicht einmal sonderlich erschrocken, als sie Lazaros' hasserfülltes Gesicht über sich erblickte.

„Du hier?", rief sie. Dann sah sie das Messer in seiner Hand, die sich zum Todesstreich erhob. Einer abwehrenden Geste war Damaris nicht mehr fähig. Ein rasender Schmerz fuhr ihr ins Herz, dann umgab sie ein erlösendes Dunkel.

Als die junge Christin Polina, die seit einem halben Jahr zum Betreuungspersonal von „Agape" gehörte, ein paar Rüben für die Abendmahlzeit ernten wollte, sah sie Damaris in ihrem Blut liegen. Ein Messer steckte in ihrer Brust. Polinas Entsetzensschrei gellte durch die Gänge des Hauses. Augenblicklich öffneten sich einige Türen, dann stand Lascarina vor ihr. Polina war außerstande, ihren Schock in Worte zu fassen, immer wieder rief sie: „Da, siehe da!“, und zeigte hinüber zum Garten. Als Lascarina die tote Damaris in einer Blutlache fand, das Messer in der Brust, schrie sie auf, dann sackte sie bewusstlos zusammen. Ein Schwall Wasser brachte sie schnell wieder auf die Füße. Ringsum standen die Hausbewohner weinend, wehklagend oder stumm und mit bleichen Gesichtern.

„Schickt nach Dionysios!“, brachte Lascarina hervor. Einer der Hausbewohner war bereits auf dem Weg zum Areopag.

Schnell war Lascarina wieder zurück, und sie war nicht allein. „Tretet zurück“, befahl sie, „wir müssen alles Weitere den Magistraten überlassen.“

Der geschockte Dionysios kam in Begleitung mehrerer Beamter, die die Trauergemeinde ins Haus schickte und sich den Ort des Geschehens genau ansahen. Nur Lascarina und Polina wurden zurückgehalten. Lacarina berichtete von der verunglückten Begegnung im Hause der Delia und den Drohgebärden des Lazaros. Auch von ihrem Traum erzählte sie, obgleich dem keine große Bedeutung zugemessen wurde. Zwei Beamte wurden sofort losgeschickt, um nach dem Mann zu suchen.

Delia in der Unterstadt war überrascht. „Nur weil mein Mann in die Verbannung geschickt wurde, heißt das nicht, dass ich auch einen Mörder in meinem

Haus beherberge. Damaris getötet? Schrecklich, aber damit haben wir nichts zu tun. Sie hätte sich übrigens nicht in meine Angelegenheiten einmischen sollen."
„Was heißt einmischen? Hat sie dir nicht mit Lebensmitteln ausgeholfen?"
Delia ging auf die Frage nicht ein. Stattdessen rief sie: „Lazaros, den ihr sucht, ist schon lange nicht mehr hier. Er hat sich davongemacht, nachdem er gesehen hat, dass ich keinen Schmarotzer kostenlos durchschleppen kann."
Die Beamten gaben sich mit dieser Erklärung nicht zufrieden, denn sie glaubten der Frau nicht. Doch um sie in Sicherheit zu wiegen, dankten sie ihr für die Auskunft und entfernten sich. Dionysios ordnete an, dass das Haus unauffällig beschattet werden sollte.
Damaris' Blut hatte den Schlussteil des Paulusbriefes durchtränkt. An einigen Stellen war das Rot so stark, dass man den Text nicht mehr lesen konnte. Meist stärkte der Apostel im Schlussteil seiner Briefe die Gemeinden mit der Aussicht auf ewiges Heil. Auseinandersetzungen zwischen Judenchristen und Heidenchristen versuchte er durch versöhnliche Worte zu schlichten. Es solle kein Streit zwischen unterschiedlichen Gemeinden und Gemeinschaften aufkommen, denn Paulus war der Meinung, dass die Erfahrung von Gottes Vergebung auch zur Versöhnung der Menschen untereinander führen müsse.
Rätsel gab das Messer auf. Es war mittelgroß und sehr scharf, eher eine Waffe als ein Küchengerät.

Lascarina, die mit anderen Schwestern befragt wurde, erklärte, dass so ein Typ Messer im Haus „Agape“ nicht benutzt werde. Nachdem Dionysios sich den Tatort genau angesehen hatte, trugen Schwestern die tote Damaris in einen Raum, wuschen sie, salbten sie mit duftenden Essenzen und zogen ihr ein weißes Gewand an. Dann legten sie sie, von den Frauen beweint, auf ein Totenbett. Von den in Athen sonst üblichen Begräbniszeremonien wollte Dionysios Areopagites nichts wissen. Er hielt sich an neue christliche Begräbnisrituale, verzichtete auch auf ein offiziellen Trauerhaus, sondern ließ Damaris in der Kapelle aufbahren.

In einem seiner letzten Rundbriefe hatte der Apostel geschrieben: „Ich empfehle euch aber unsere Schwester Phoebe, die eine Dienerin der Gemeinde in Kenchreä ist, damit ihr sie aufnehmt im Herrn, wie es sich für Heilige geziemt, und ihr in allen Dingen beisteht, in denen sie euch braucht; denn auch sie ist vielen ein Beistand gewesen, auch mir selbst ... Grüßt Andronicus und Junias, meine Verwandten und Mitgefangenen, die unter den Aposteln angesehen und vor mir in Christus gewesen sind. Grüßt meinen im Herrn geliebten Amplias. Grüßt Urbanus, unseren Mitarbeiter in Christus, und meinen geliebten Stachys. Grüßt Apelles, den in Christus Bewährten; grüßt die vom Haus des Aristobulus. Grüßt Herodion, meinen Verwandten; grüßt die vom Haus des Narcissus, die im Herrn sind.“

Es folgten noch viele weitere Grüße in dieser Art. Der Paulusbrief klang wie ein Abschiedsbrief, das war Dionysios rasch bewusst. Er hätte mit den vielen Namen wenig anzufangen gewusst, wenn Phoebe nicht wie von Gottes Hand geführt nach Athen gekommen wäre. Auf ihrer Rundreise hatte ein drängendes Gefühl sie in die junge Christengemeinde getrieben. Allerdings traf sie die Diakonin Damaris nur als Tote an. Phoebe war schockiert und musste sich wie die Hausbewohner von „Agape“ und die inzwischen zahlreichen Christen Athens erst mit dem Gedanken auseinandersetzen, dass die beliebte junge Frau nicht mehr unter ihnen weilte.
Antigone konnte die Nachricht vom Tod ihrer besten Freundin nicht fassen. Sie gab sich die Schuld, sich nach der Hochzeit mit Ernestos zu lange des harmonischen Eheglücks erfreut und Damaris vernachlässigt zu haben. Die Stefana, die kleinen Kronen und Kränze, die mit einem Band zusammengefügt ein Symbol für die Verbindung zwischen Eheleuten sind, hatten einen Ehrenplatz in der gemeinsamen Wohnung erhalten und wurden täglich abgestaubt zum Zeichen, dass das Glück immer währen möge.
Phoebe nahm die Exequien vor. Ihre Trauerrede kostete viele Tränen, sie selbst schluchzte mehrmals während der Ansprache. „Als erste Christin Athens wird dein Name unter den Brüdern und Schwestern dieser Stadt ewig leben“, verkündete sie. Damaris fand ihre letzte Ruhestätte in einer Gartenecke des

Hauses „Agape“. Die Trauerstimmung wurde mit ein paar Freudentränen gewürzt. Dionysios erwirkte durch einen Gnadenakt und durch den Einsatz privater finanzieller Mittel die Freilassung aller Sklavinnen und Sklaven, die im Haus beschäftigt waren oder hier die letzte Spanne ihres Lebens verbrachten.

Damaris' Tod und die Bestürzung über die Umstände hatten sämtliche Aufmerksamkeit auf sich gezogen. Jetzt, nachdem bei ihren Eltern etwas Ruhe eingekehrt war, meldete sich die Seele mit ihren Ansprüchen auf Trauer, um den unwiederbringlichen Verlust der geliebten Tochter zu beklagen. Dass sie Opfer einer Mordtat geworden war, vertiefte das Leid. Klio und Zenon, Damaris' Eltern, wussten zwar, welches großartige soziale Werk ihre zum Christentum bekehrte Tochter im Sinne des Religionsgründers Jesus und seines Apostels Paulus ins Leben gerufen hatte, doch da sie sich selbst zu den alten Göttern bekannten, war ihnen das Lebenswerk ihrer Tochter fremd geblieben. Jetzt aber begannen sie zu fragen: Wer war dieser Gottessohn Jesus Christus? Und wer war dieser Apostel Paulus, der einige Landstriche der attischen Welt inzwischen besucht und neben viel Segen auch viel Unruhe ins Land gebracht hatte? Damaris' Eltern überlegten, Dionysios zu einem Gespräch einzuladen. Doch dann machte Zenon einen Rückzieher. Der Stachel der Eheverweigerung und des Ehrverlustes saß bei ihm noch tief. Sein Sohn Nikos war indes anderer Meinung.

„Wie immer ihr zu Dionysios steht, vergesst nicht, dass der Entschluss, nicht zu heiraten, einvernehmlich getroffen wurde. Es war auch Damaris' Wunsch, ehelos zu bleiben. Niemand hat sich etwas vorzuwerfen."

In den nächsten Wochen wuchs das Verlangen, über Damaris' Wirkungsstätte mehr zu erfahren, jedoch immer stärker, und so beschlossen die Eltern, ihren Sohn Nikos mit einem Besuchswunsch im Haus „Agape" zu beauftragen.

Lascarina, von Phoebe getauft und von Dionysios vom Sklavenstand freigekauft, sagte mit Freuden zu und empfing die Gäste in den Abendstunden eines klaren Herbsttages. Es traf sich, dass auch Dionysios anwesend war, der fast täglich das Grab Damaris' besuchte und seinen Einfluss dazu nutzte, dass das Haus „Agape" unbeschadet die Zeit überstand. Dionysios begegnete Zenon und Klio mit respektvoller Distanz.

„Wenn wir die Vergangenheit auch unterschiedlich beurteilen – im Leid sind wir uns einig", sagte er und ergriff Klios Hand. Zenon zögerte, in den Handschlag einzuwilligen, doch als er die Tränen in Dionysios' Augen sah, schwanden die letzten Vorbehalte. Die Eltern setzten sich in die Nähe von Damaris Grab. Hier hatte Lascarina einen kleinen Steintisch und mehrere Stühle aufstellen lassen. Denn auch die Hausbewohner erinnerten sie gern an ihre Wohltäterin. Sie schwiegen, während der Schmerz des Verlustes sie übermannte. War Damaris' Tod umsonst gewesen? Wem hatte er genützt? Auf diese Fragen gab es keine Antwort. Damaris hatte trotz aller Lebensgefahr für sich nach Jesu Vorbild gehandelt und war der Familie eines Mörders in Liebe begegnet.

Die Blätter am Olivenbaum in der Nähe raschelten. Als Symbol der Weisheit, Fruchtbarkeit und des Friedens stand er hier am rechten Ort. Ja, Frieden brauchten sie alle und einen klaren Blick, wie das Leben weitergehen sollte. Lascarina sollte, so war es beschlossen, die Leitung des Hauses übernehmen. Eine Schwester ihrer Wahl würde ihr zur Seite stehen. Jonas, der sich bittere Vorwürfe machte, weil er in der Mordnacht nicht im Haus gewesen war, hatte sich in eine junge Frau aus Loutraki, die in einer nahen Pension arbeitete, verliebt und beabsichtigte, bald zu heiraten. Nikos war nach der Heilung seines Schienbeinbruchs wieder ganz der Alte mit lockerem Mundwerk. Seit der Vater sich allmählich zur Ruhe setzte und den Handwerksbetrieb in seine Hände zu geben beabsichtigte, konzentrierte er sich ganz auf das Geschäft.

„Fehlt mir nur noch ein gescheites Eheweib, das fünf und fünf zusammenzählen kann", meinte er und

empfahl seinen Eltern, ihre zukünftige Lebenszeit unbelastet im Haus ihrer Tochter zu verbringen.
„Damit du in der Werkstatt nach Belieben schalten und walten kannst, was? Noch werde ich dir auf die Finger schauen", entgegnete der Vater.
Zenon und Klio sahen sich unter Lascarinas Leitung im Gebäude um, ließen sich von Hausbewohnern berichten, wie es ihnen hier gefiele, ob das Essen gut sei und sie in Krankheitsfällen auch die richtige Medizin bekämen. Auf alle Fragen erhielten sie nur positive Antworten. Noch waren die infrage kommenden Räume nicht frei, aber sie ließen sie für spätere Zeiten schon mal vormerken.
„Ist es nicht schlimm, dass wir warten müssen, bis jemand stirbt, um hier einziehen zu dürfen?", äußerte sich Klio bestürzt über diesen Umstand.
Lascarina meinte: „Die meisten älteren Menschen sind froh, hier überhaupt eine Bleibe zu bekommen, statt auf die Fürsorge ihrer Kinder und Verwandten angewiesen zu sein."
Phoebe war längst wieder abgereist. Ihr Name bedeutete „die Strahlende", „die Helle" oder „die Leuchtende". So hatte Paulus sie auch eingeschätzt und sie als seine Stellvertreterin mit manchen Aufgaben betreut. Das Schicksal des Apostels bereitete nicht nur ihr Sorgen. Befand er sich noch im Gefängnis, wie die letzte Nachricht über ihn verlautete, oder hatte er seine Freiheit wiedererlangt? Was inzwischen durchgesickert war: Paulus war ehedem in Jerusalem

von Diasporajuden angeklagt worden, weil er einen Nichtjuden mit in den Tempel genommen hatte. Die Sadduzäer deuteten die Tora dahingehend, dass auf dieses Vergehen die Todesstrafe stand. Darin willigten die Römer ein. Paulus übernahm für vier Männer die Kosten für das Ende ihres Nasiräts, um seine Treue zum Gesetz zu zeigen. Nasiräer – eine Lebensform der Asketen – waren im Judentum Menschen, die Gott gegenüber freiwillig einen besonderen Eid leisteten, auf bestimmte Genussmittel verzichteten und einige andere Regeln befolgten. Um Paulus vor jüdischer Lynchjustiz zu schützen, nahm ihn die römische Wache in Schutzhaft und überführte ihn schließlich nach Rom, wo er seinen Rechtsanspruch bekräftigen sollte. Selbst während seiner Gefangenschaft versäumte es der Apostel nicht, den römischen Statthaltern die Christus-Botschaft nahezubringen.

Dionysios Areopagites spürte, dass seine Anwesenheit in Athen nicht mehr nötig war. Er fühlte sich berufen, seine Studien in Heliopolis aufzunehmen und, wenn nötig, Paulus beizustehen, wo immer er sich auch befand. Die Vertreter der Polis, des Staats- und Stadtverbandes, kämpften lange um seinen Verbleib im Areopag, denn er galt als besonnener und kenntnisreicher Politiker. Doch er erkannte, dass in der Lehre, die der Apostel verkündete, eine ansprechendere Lebensform zum Ausdruck kam, die gerechter und sozialer als die der eingefleischten Standesunterschiede war. Die Gleichheit aller Menschen war für

Dionysios die Voraussetzung für ein harmonisches Gesellschaftsleben. Paulus hatte den Grundstein dazu gelegt, und in Zukunft sollten Frauen, Sklaven und Metöken davon profitieren.
Dass bis dahin noch ein weiter Weg vor ihnen lag, der voller Schwierigkeiten sein würde und dessen Abschluss er nicht mehr erleben würde, war Dionysios bewusst. Aber es musste ein Anfang gemacht werden. Er sorgte durch Schenkungen und Verträge für den dauerhaften Fortbestand des Hauses „Agape“ und regelte auch die Versorgung der Mitarbeiterinnen und Mitarbeiter. Dem nach Christi Wort wahren Schatz der Einrichtung, den alten und kranken Menschen, sicherte er ein Leben in Frieden und Geborgenheit. Lascarina würde, so war vereinbart, ihm durch Boten über die Arbeit im Hause von Zeit zu Zeit berichten. Dennoch, so war allen bewusst, würde durch den Abschied von Dionysios eine große Lücke und Unsicherheit entstehen, deren Überwindung der Hausleitung viel Mut und Kraft abverlangte.
Über diese Ereignisse war der Mord an Damaris nicht vergessen, aber etwas in den Hintergrund getreten. Gemäß der Meinung der Hausgründerin, dass es im Christentum keine Feindschaften geben solle, hatte Lascarina dafür gesorgt, dass von Zeit zu Zeit zwei Schwestern das Haus Delias in der Unterstadt aufsuchten und einen großen Korb voller Lebensmittel überreichten. Statt Dankesworte ergoss sich eine Flut von Verwünschungen über die Frauen.

„Ach, euch treibt ja nur das schlechte Gewissen her, was? Reut es euch, dass mein Mann in die Verbannung geschickt wurde?“

Und bei einem anderen Mal: „Ihr kommt ja nur, um herauszufinden, ob ich den Mörder eurer Gründerin verstecke. Seht euch nur um. Ich habe nichts zu verbergen.“

Auf Wohnungsdurchsuchungen verzichteten die Schwestern gern. Der Hass, der ihr Erscheinen auslöste, trieb sie bald wieder aus dem Haus. Doch die Unterstützung der Familie stellten sie nicht ein, sie erachteten sie als ihre Christenpflicht. Etwa ein Vierteljahr später trafen sie Delia kleinlaut und reumütig an.

„Lazaros ist tot. Er hat sich am Parthenon von einem Felsen heruntergestürzt, nachdem ihm die Häscher auf der Spur waren. Ich wusste es nicht, aber es ist wahr: Er hat getötet. Er meinte, mir einen Gefallen tun zu müssen, nachdem mein Mann verbannt worden war, hat eurer Frau aufgelauert und wusste bald, wo sie wohnte. Das Weitere wisst ihr ja. Sein Pech, er hat sich im betrunkenen Zustand vor einem Freund mit der Mordtat gebrüstet und konnte nicht wissen, dass ein Beamter des Staates mit großen Ohren in der Nähe saß. Als man ihn schnappen wollte, riss er sich los und – das Weitere habe ich erzählt.“

Der Bericht löste keine Freude aus. Lascarina und die Hausgemeinschaft reagierten betreten. Einige versammelten sich abends in der Kapelle und gedachten des Toten in ihren Gebeten.

Dionysios Areopagites bereitete sich allmählich auf seinen Abschied aus Athen vor. Er besuchte noch einmal in später Stunde das Grab von Damaris. Der Nachtwind wehte frisch vom Meer herauf. Der Mond stand als treuer Beobachter hoch über der Stadt, sein Licht flutete über die kahlen und rissigen Felsen. Homer hatte einst die fleißigen Holzfäller besungen, die Arkadiens Wälder für den Schiffsbau fällten. Vierhundert Jahre später beklagte Platon den Schwund der Humusschicht und die Erosion. „Übrig geblieben sind nun im Vergleich zu einst nur die Knochen eines erkrankten Körpers, nachdem ringsum fortgeflossen ist, was vom Boden fett und weich war, und nur der dürre Körper des Landes übrig blieb“ dichtete er in seinem Fragment „Kritias“. Die geschlossenen Blüten der Blumen sammelten ihren Duft für den neuen Tag, um ihn dann großzügig zu verströmen. Eidechsen schliefen in den Ritzen der Steine. Eine Katze huschte, eine Maus zwischen den Zähnen, über den Weg. Die Natur hatte ihre Ordnung gefunden, wenn auf den ersten Blick auch nur unter großen Opfern. Aber ohne Opfer kam wohl keine Ordnung zustande. Einer hatte für die Ordnung menschlichen Zusammenlebens sein Leben am Kreuz gegeben.

Die Strategie des Paulus war aufgegangen. Seine Arbeitsweise war großzügig und verschwenderisch. Er redete, verkündete, schrieb, dokumentierte und achtete nicht darauf, ob seine Worte Gehör fanden oder verstanden wurden. Viele seiner Zuhörer lauschten ein paar Augenblicke und gingen weiter. Das nahm er zur Kenntnis, es beunruhigte ihn aber nicht. Er wusste, über kurz oder lang würden sie seine Worte überdenken, und die Botschaft Jesu Christi von Liebe und Vergebung würde zumindest bei einigen auf fruchtbaren Boden fallen. Nicht nur in Athen, auch in Troas, Ephesus, Philippi, Thessaloniki und Korinth sowie an manch anderen Orten war dies geschehen und würde Nachahmungen finden. Die Saat des Christentums ging auf, schlug überall Wurzeln und würde Früchte tragen.

Paulus fand den Weg zu seinen Zuhörern, weil er an Gedanken anknüpfte, die ihnen vertraut waren. Sowohl die Stoiker als auch die Epikureer erkannten bei ihm Gedanken wieder, die ihrer Philosophie entsprachen oder ähnelten. Die Stoiker stimmten mit ihm darin überein, dass alles Leben von Gott stammt, dass Gott zwar unsichtbar, doch nicht fern ist und alles Leben von ihm kommt. Paulus untermauerte seine Aussagen mit Zitaten aus Werken der stoischen Poeten Aratos und Kleanthes. Auch die Epikureer konnten etliche Gemeinsamkeiten mit Paulus erkennen: Gott lebte, man konnte ihn finden und kennenlernen. Er benötigte nichts, war auf die Menschen

nicht angewiesen. Er wohnte nicht in Tempeln, die mit Händen errichtet worden waren.
Marcianus Aristides von Athen, rede- und schreibgewandt, gehörte zu den ersten christlichen Autoren. Dass er zudem ein bedeutender Philosoph war, wurde allgemein anerkannt. Er schrieb an den römischen Kaiser, um den Vorteil der christlichen Religion glaubhaft zu machen: „Ich behaupte aber, dass Gott ungezeugt ist und ungemacht, von niemandem umfasst wird, selbst aber alles umfasst, dass er endlos ist, unvergänglich, unsterblich, vollkommen und unbegreiflich. Wenn ich sagte: vollkommen, so heißt das, dass er keinen Mangel hat und nichts bedarf, während alles seiner bedarf. Er hat keinen Namen; denn alles, was einen Namen hat, gehört mit zum Geschaffenen. Er hat keine Gestalt und keine Zusammensetzung von Gliedern; denn wer solches hat, gehört mit zu den Gebilden. Er ist nicht männlich und nicht weiblich. Der Himmel umfasst ihn nicht, vielmehr wird der Himmel und alles Sichtbare und Unsichtbare von ihm umfasst."
Das war eine Vorformulierung des Glaubensbekenntnisses, das sich auf die Erfahrungen der Apostel und die praktischen Lebensbeispiele der ersten Glaubensverkünder berief und im Laufe der Zeit seine endgültige Gestalt erhielt.
Ob Paulus Kunde vom Tod seiner getreuen Damaris erhielt? Er selbst war durch Vorwürfe und Anklagen der Juden gebunden. Zuerst, um das Jahr 57, saß er

in Cäsarea, der damaligen Hauptstadt Judäas, im Gefängnis, wo er auf Veranlassung des Hohen Rates durch den Statthalter Felix eingekerkert worden war. Da sich keine Anklagepunkte gegen den Apostel ergaben, hätte er eigentlich freigelassen werden müssen. Doch um des lieben Friedens willen ließ Felix ihn im Kerker schmoren. Doch als Porcius Festus die Position des Statthalters übernahm, wurde der „Fall Paulus" nochmals aufgerollt. Der Römer fand keine gerechtfertigte Anklage. Doch der Forderung der Juden, ihnen den Angeklagten auszuliefern, gab er nicht nach. Denn Paulus besaß das römische Bürgerrecht und er drängte darauf, seinen Fall dem Kaiser in Rom vorzutragen. Als er nach Schiffbruch und Überwinterung auf Malta in Rom Quartier nahm, lebte er, von einem Soldaten bewacht, drei Jahre in einer ihm zugewiesenen Wohnung, in der er Besucher empfangen durfte und von der aus er weiter missionierte. Zur Zeit der Christenverfolgung durch Kaiser Nero wurde Paulus schließlich um das Jahr 67 zum Tode durch das Schwert verurteilt.

Begriffserklärung

Damaris: Sie lebte um das Jahr 55 in Athen, hörte die Predigt des Apostels Paulus auf dem Areopag in Athen und schloss sich seiner Lehre an. Sie wird in der Apostelgeschichte erwähnt (Apg 17,34). Die griechisch-orthodoxe Kirche verehrt Damaris als Heilige. Ihr Gedenktag ist in der griechisch-orthodoxen Kirche am 3. Oktober, in der katholischen Kirche am 4. Oktober.

Dionysios Areopagites: Er war der zweite Bischof von Athen. Wie Damaris hörte er die Predigt von Paulus auf dem Areopag. Die katholische Kathedrale von Athen trägt seinen Namen: St. Dionysius Areopagita. Die katholische und die orthodoxen Kirchen feiern seinen Gedenktag am 3. Oktober.

Menandros (Menander 342/341–291/290): griechischer Komödiendichter in Athen, wirkte in der sogenannten „Neuen Komödie“

Metöken (Mitbewohner): ein dauerhaft in Athen lebender Fremder, der kein lokales Bürgerrecht besaß

Nasirät (Nasiräer): = weihen, geloben. Ein Nasiräer war im Judentum ein Mensch, der Gott gegenüber einen freiwilligen Eid leistete, etwa auf Alkohol verzichtete. Er lebte als Asket. Männer und Frauen verpflichteten sich durch ein Gelübde zu einer zeitweisen Nasirät.

Orphiker: religiöse Strömung der Antike mit vielen autonomen Gruppen, die sich ab dem 6./5. Jahrhundert vor Chr. in Griechenland, im griechisch besiedelten Süditalien und an der nördlichen Schwarzmeerküste ausbreiteten. Sie beschäftigten sich hauptsächlich mit dem Fortleben der Seele nach dem Tode.

Panegyris: eine Versammlung, Veranstaltung mit einer großen Menge Menschen, etwa zur Olympiade

Peplos (Peplum): ein bis auf die Knöchel reichendes Frauenkleid im antiken Griechenland

Thora/Tora: der erste Teil des Tanach, der hebräischen Bibel. Sie besteht aus fünf Büchern (des Mose).

Zedaka (hebräisch Tzedaka): ein jüdisches Gebot der Wohltätigkeit, dem Frauen und Männer gleichermaßen verpflichtet sind